향수

세상에서 가장 아름다운 풍경

향수

이주성 지음

한알의밀알

추천사

성(性)은 아름답다. 성이라는 한자를 풀어쓰면 마음 심(心)과 낳을 생(生)의 결합으로 마음의 생명이라는 뜻이 된다. 성은 마치 불의 혀와 같아서 행복의 원천이 되면서도 불행의 화근이 된다. 성은 사랑과 가정과 생명과 직결된다. 아름다운 성은 부부의 사랑을 다져주며, 생명을 잉태하며 가정을 화목으로 인도하기 때문이다.

이 책은 비뇨기과 의사로서, 그보다 한 아내의 남편으로, 두 딸의 아빠로 살아가면서 터득한 삶의 지혜가 신앙과 어우러져 우리를 진정한 행복의 길로 인도하는 지침서이다. 아무도 가르쳐주지 않기에 잘못된 길로 접어들어 엉뚱한 곳에서 헤매고 있는 우리 모두에게 과학적이면서도 심오한 진리의 샘으로 안내할 것이다.

성은 자연스러운 것이며, 하나님이 인간에게 허락하신 멋진 선물임에 틀림없다. 나이 들면서 새삼 느끼는 것은 아내는 늘 새롭다는 사실이다. 아내의 몸도 세포를 통해 계속적인 재창조가 일어나는 것처럼, 아내의 성도 샘물과 같아서 퍼내면 퍼낼수록 새롭게 솟아난다. 저자의 안내를 따라 마르지 않는 기쁨의 샘을 마음껏 누리시길 소망해 본다.

안양샘병원 의료원장, 전 한국누가회 회장

박 상 은

이주성, 그는 고등학생 시절 영화 〈닥터 지바고〉를 보고 의사이자 농부이며 시인이 되는 꿈을 가졌다. 지금 그는 의사이다. 하지만 그는 의사이기 전에, 농부의 마음으로 자연을 따뜻하게 느끼고, 시인의 눈으로 세상을 아름답게 바라본다. 이웃과 더불어 살아가는 아름다운 사람이다.

이 책을 통해 그는 진정한 삶의 목적과 의미가 무엇인지 예리하고 섬세한 필치로 그려내고 있다. 가족과 지나간 옛 것들에 대한 깊은 향수는 인생의 황혼기를 바라보는 이들의 가슴을 촉촉이 적신다. 우리는 삶의 가치를 가정에 두고 한 가정의 가장으로서, 남편으로서, 아버지로서 끊임없이 바로 서고자 노력하는 저자의 모습에 깊이 공감하게 된다.

특별히 비뇨기과 의사로서 그의 예리한 분석과 통찰력으로 쓴 '성'에 대한 부분은 극도로 혼란한 성의 홍수 시대에 살고 있는 현대인들이 꼭 읽어보아야 할 내용이다.

참 마음이 따뜻해지는 책이다. 이런 의사가 많아진다면 세상은 더욱 아름다워질 것이다.

두란노 아버지학교 운동본부 국제본부장
김 성 묵

책의 머리에

금년 초까지 의사 신문에 〈진료실 주변〉이란 코너로 2년간 주 1회씩 100회를 연재했습니다. 그동안 의사들로부터 편지나 문자, 전화로 많은 격려를 받았습니다.

진료하면서 자신의 인생을 돌아본다거나, '아버지학교'와 '부부학교'에서 강의를 하면서 느낀 점, 부부와 아직 미혼인 청년들을 대상으로 필요한 성 문제를 다룬 글들이 있습니다. 다소 분주하고 소란한 문명 한가운데 속한 나 자신을 돌아보면서, 가정의 소중함을 깨닫게 할 요량으로 부부간에도 잘 알지 못하는 성에 대해서 썼습니다. 40대 이후의 사람들이 분주한 일상에서 잠시 멈춰서서 자신과 가정을 돌아보고, 성에 대해서 다시 한 번 생각하여 중년 이후의 삶을 알차고 즐겁게 만들어간다면 더 바랄 것이 없겠습니다.

요즘 이혼이 급증하고 있는데 그 사유로는 성격 차이가 45%로 가장 많고, 경제적 이유가 16%, 가족 간의 불화가 13%, 배우자의 부정이 7%로 보고되고 있습니다. 이 성격 차이를 자세히 들여다보면 성장과정에서 형성된 왜곡된 정서를 가진 흡사한 부류의 사람끼리 결혼해

서로 사랑을 주지 못해 발생하는 것으로 이해됩니다. 어쩌면 결혼이라는 과정조차도 백 퍼센트 스스로 선택할 수 있는 문제가 아니라 부모 세대로부터 물려받은 성격적 결함에 의해 영향을 받는다고 할 수 있습니다. 성격 차이와 함께 결합된 성(性)적인 문제로 인한 이혼, 별거, 정서적 이혼 상태로 불행한 나날을 보내게 되고, 자녀들에게도 수치심과 열등감을 주게 되며, 또 그 자녀들은 자라서 부모 세대와 흡사한 인생을 살게 됩니다.

이 책은 상담을 통해 얻은 지식을 수필 형식으로 썼습니다. 이 책을 통해서 불륜과 성매매가 줄어들고, 가정이 기쁨과 즐거움이 자라나는 아름다운 정원으로 가꾸어졌으면 합니다.

이 주 성

낙엽이 질 때까지

나뭇가지 사이로 흐르는 계절의 순서에는 변함이 없습니다.

새순이 돋고 녹음이 지고 단풍이 들고 낙엽이 지고

앙상한 가지가 겨울을 맞이합니다.

태초부터 지금까지

우주에 있는 만물은 잉태와 소멸을 반복하고 있습니다.

금년에도 가을이 와 있습니다.

지나가는 행인들의 긴 옷차림 위에

새벽녘에 몰래 내린 이슬에도

가을이 와 있습니다.

에어컨을 틀어도 겨우 잠들 수 있었던
무덥고 변덕스런 날씨 때문에 가을을 생각지도 못했는데
애원하고 떠밀어도 가지 않겠다던 여름은 가고
아침이면 창문을 닫아야 하는 시원한 바람 따라
가을이 묻어 왔습니다.

계절을 주관하는 당신은 언제나 신실하셔서
끝까지 고집부리며 오지 않겠다던 가을을
조금 늦게라도 불러왔습니다.
계절의 반복 속에 사람들은 늙어가고
또 낙엽처럼 떨어집니다.

오늘 아침에는 아내와 나의 얼굴을 보았습니다.
우리의 얼굴에도 시간이 많이 흘렀습니다.
우리는 늙어가는 현상에 대해서는 공부하고 알고 있지만
왜 늙는지는 알려고 하지 않습니다.
언제나 동일하고 언제나 신실하며
천지를 운행하는 질서 앞에
이 가을에
잠잠히 무릎 꿇습니다.

지나간 여름은 길고 지루했지만
남국(南國)의 그 강렬한 햇볕으로
나무마다 풍성한 열매를 맺었습니다.
감과 포도와 배와 사과
그리고 사랑스런 두 딸은
너무나 탐스럽고 귀한 열매들입니다.

우리 또래의 가을에 서 있는 사람들은
머리에 서리 내리고 얼굴에도 세월의 강이 흘러
여기저기 패고 떨어져 나갔습니다.

그 힘든 여름 동안 어려운 여건 속에서도
성실하게 나무들을 돌보았습니다.
덥고 병충해도 많아서
열매들이 작은 손상을 입었지만
감사하게도 큰 태풍은 비껴갔고 긴 장마도 없었습니다.

이제 이 가을에
무거운 과일들을 내려놓고
그 열매들로 인하여 기뻐하며

가벼운 마음으로 가을을 만끽하렵니다.

인생의 가을에 서서 황금벌판을 바라보며

고개 숙여 감사드립니다.

우리가 선택할 수 없는 계절을 겸손하게 받아들이고

시간의 흐름을 마음으로 느끼며 현재를 살아갑니다.

당신의 성품대로라면

이제 차가운 바람이 불면

잎들은 자신의 역할을 마치고

낙엽이 되어 떨어질 것입니다.

긴 가을 동안 탐스런 열매들로 인하여 기뻐하며

질서 앞에 고개 숙이고

인생에 한 번뿐인 이 가을을 즐기며 누리겠습니다.

낙엽이 질 때까지.

목차

추천사⋯⋯ 4

책의 머리에⋯⋯ 6

프롤로그 낙엽이 질 때까지⋯⋯ 8

그리움

흑백 영화⋯⋯ 17

닥터 지바고⋯⋯ 22

산골 소녀와 고시생⋯⋯ 27

워낭 소리⋯⋯ 32

선배의 자살⋯⋯ 36

메밀묵과 찹쌀떡⋯⋯ 40

설날⋯⋯ 43

가난한 날의 추억⋯⋯ 47

아버지 사랑합니다⋯⋯ 54

진료실에서

새해 아침에⋯⋯ 67

단골유감⋯⋯ 71

정관수술과 임신⋯⋯ 74

말년 신혼⋯⋯ 79

행복⋯⋯ 82

휴가⋯⋯ 86

짧은 단상⋯⋯ 90

어느 목수 이야기⋯⋯ 93

참 사랑⋯⋯ 98

두 노인 이야기⋯⋯ 103

빛과 어둠⋯⋯ 109

내려놓음⋯⋯ 114

가족

나는 행복한 사람…… 123

딸에게 보내는 편지…… 129

러브스토리…… 134

주례사…… 137

바보 온달과 평강공주…… 142

아버지학교…… 146

정서적 이혼…… 151

아버지의 뒷모습…… 154

기러기 아빠…… 158

원조교제…… 162

성

아무도 말하지 않는 죄…… 169

섹스 중독…… 174

마시멜로 이야기…… 178

이유 있는 불륜…… 186

그녀의 신음소리…… 196

오럴섹스와 변태…… 201

크기를 논하지 말라…… 205

힘들어 죽겠다…… 210

혼전 순결…… 213

중년의 위기…… 218

황혼의 첫사랑…… 224

에필로그 소망…… 232

그리움

흑백 영화

닥터 지바고

산골 소녀와 고시생

워낭 소리

선배의 자살

메밀묵과 찹쌀떡

설날

가난한 날의 추억

아버지 사랑합니다

흑백 영화

사람들은 누구나 지나간 것들에서 변해 버린 것에 대한 아쉬움
과 향수를 발견하나 보다. 1920년대 소설 「빈터」를 읽었다. 작가는 자
신이 어렸을 때 뒷동산에서 놀던 시절을 그리워하며 나무들이 사라
진 것에 대해 아쉬워하고 있다. 그때는 시가 있었고 인간다운 삶이
있었다고 말한다. 그 작가가 살아서 지금의 자연과 삶의 모습을 보면
어떻게 받아들일까. 1800년대 초를 살았던 『월든』의 작가 헨리 데이
비드 소로우는 사라진 자연을 아쉬워하는 동시에 문명을 통렬히 비
판했다. 소로우가 지금의 현실을 바라본다면 아마도 현실을 외면하
고 더 깊은 산속으로 들어갈지 모르겠다.

　얼마 전부터 비가 오거나 환자가 없을 때는 인터넷으로 1950년대와

1960년대 한국영화를 한 달에 한 편 정도 보고 있다. 김승호, 황해 등 추억의 배우를 만나는 즐거움이 있기도 하지만 영화에 나오는 그 당시의 거리 풍경과 주택구조, 입고 있는 옷과 구두, 오염되지 않은 하늘과 별과 시냇물을 보며 지금보다 여유로운 삶의 속도를 보기 위함이다. 부뚜막이 있고, 양은 냄비와 검은 솥이 아궁이 위에 걸려 있고, 지붕은 기름종이로 덮여 있고, 흙벽돌로 지은 집들, 자동차와 함께 우마차가 다니는 신호등 없는 도로, 한강에서의 뱃놀이, 겨울 논에서 썰매를 타며 팽이를 치는 아이들, 동네에서 가장 높은 건물인 소방서 망루, 털모자와 목도리들을 보고 있으면 가슴속에 어린 시절의 향수가 아련히 밀려온다.

아버지가 누런 월급봉투를 아내에게 갖다 주는 장면에서 어깨에 힘이 들어가는데 지금은 볼 수 없는 아버지의 권위가 느껴지는 풍경이다. 적어도 7, 8명이 되는 대가족이 작은 집에 옹기종기 모여앉아 밥을 먹는 장면도 보기 드문 광경이다. 한국영상자료원에서 제공하는 한국영화는 1편당 500원이면 볼 수 있다. 하지만 당시 상영된 영화중에서 영화 필름이 소실되어 목록만 존재하고 자료가 남아있지 않은 영화들이 태반이다. 문정숙 주연의 〈만추〉 등 작품성 있는 영화의 필름이 밀짚모자의 테두리를 만드는 데 사용되어 사라진 것은 애석한 일이다. 그래도 1930년대부터 1970년대까지 많은 영화들이 복원되어 볼 수 있으니 다행스럽다.

〈오발탄〉, 〈마부〉, 〈피아골〉, 〈박서방〉, 〈양산도〉, 〈로맨스 빠빠〉, 〈서울의 지붕 밑〉 등을 극장에서 보게 된 것은 초등학교와 중학교 시절이었다. 한동안 영화에 미쳐 초등학교 5, 6학년과 중학교 3년 동안 극장에서 상영된 우리나라 영화와 외화를 모두 본 것 같다. 지금 와서 생각해 보면 감수성이 예민한 내가 답답한 가정의 현실을 도피하기 위해서 영화 구경을 다녔던 듯하다. 공부에는 흥미가 없던 성적이 바닥인 친구들끼리 모여 삼류극장, 가끔은 재개봉관을 기웃거리던 시절이었다. 그때가 내 영혼이 가장 자유로운 때가 아니었나 싶다.

극장에 들어갈 돈이 없으면 담을 넘거나 개구멍을 통해 들어갔다. 영화포스터를 붙인 집에 사정해서 입장권을 얻어 들어가기도 하고 가끔은 친구의 도움으로 입장하기도 했는데 몰래 들어가다 들켜 혼난 적이 한두 번이 아니었다. 키스 장면이 나오거나 가슴이 약간 파인 옷을 입고 나오는 영화는 학생이 입장할 수 없었다. 운 좋게 담을 넘거나 개구멍을 통해 들어가서 보게 되면, 다음 날 학교에서 아이들을 모아놓고 장면 장면들을 얘기해 주며 보낸 시절이었다. 중학교 3학년이 되어서는 웬만한 극장의 매표원들은 다 알고 지냈다.

당시 영화는 모두가 흑백이었다. 스토리의 전개가 느릿느릿하고 삶이 한가로운 것이 특징이다. 옛날 영화에는 텔레비전과 고층건물이 등장하지 않는다. 신호등이 거의 없고 차들과 우마차가 함께 다니는 한가한 도로가 있을 뿐이다. 옛날 영화에는 폭력과 욕설과 노출과 분

도시의 빈터들과 여기 저기 흐르던 개울들은 사라졌다.
하늘에 총총하던 별들과 넉넉한 인심들과 훈훈한 인정들은
오염과 분주함 속에 묻혀 버렸다.

주함이 없다. 겸손과 순수와 질서만이 있을 뿐이다. 영화에서 부는 바람은 지금의 바람과 달리 신선하게 느껴진다. 영화 속 가족은 지금의 가족들처럼 깨어진 가정이 아니라 아버지를 중심으로 열심히 살아가는, 온 가족이 함께 모여 함박웃음을 터트리는 행복한 가정들이다. 권선징악과 해피엔딩으로 끝나는 줄거리는 단순하지만 우리 마음을 복잡하게 하지 않는다. 그 당시 사람들의 삶의 방향을 짐작할 수 있게 한다.

바쁘게 살다보니 반세기가 눈 깜짝할 사이에 흘러갔다. 컴퓨터나 휴대 전화 등 그 당시 영화에서 보지 못하던 물건들이 많이 생겨났다. 도로에는 차들이 넘치고 고층 건물과 대기오염으로 먼 산은 보이지 않는다. 도시의 빈터들과 여기 저기 흐르던 개울들은 사라졌다. 하늘에 총총하던 별들과 넉넉한 인심들과 훈훈한 인정들은 오염과 분주함 속에 묻혀 버렸다.

조금 있으면 눈이 내릴 것이다. 하지만 지금 내리는 눈은 50년 전 초가집 위에, 빈터 위에 내려 소복소복 쌓이는 눈이 아니다. 창밖을 보면 알 수 없는 그리움이 밀려와 친구에게 편지를 쓰게 되는 감동과 아름다움이 깃들어 있는 그런 눈이 아니다. 아스팔트 위에 내린 눈은 곧 더러워져 번거로울 뿐이다. 질주하는 차들의 경적 소리에 나는 문을 닫는다.

닥터 지바고

영화 〈닥터 지바고〉는 고등학교 1학년 때 단체 관람으로 대한극장에서 본 것 같다. 일 년에 두어 번 오전 수업을 마치고 오후에는 영화 관람을 했는데, 오후에 수업이 없어 노는 기분으로 영화를 구경하곤 했다. 그날도 오후에 논다는 기분으로 친구들과 떠들면서 극장으로 향했다. 영화가 시작되면서 나는 화면 속으로 빠져들어 갔다. 영화 전편에 흐르는 서정의 아름다움은 감수성이 강한 사춘기의 나에게 깊은 감명을 주었다. 자연에 대한 동경은 나에게 열병을 앓게 했으며 그 강호(江湖)에 대한 병은 아직도 남아 있다. 특히 지바고가 '바리키노'에 돌아와 아내와 둘이서 감자를 캐는 장면과 시를 쓰는 장면은 나에게 의사와 농부, 시인이 되고 싶다는 생각을 갖게 했다.

그 후 몇 년 동안 산속이나 강가에서 보낸 시간들이 많아졌다. '가나안 농군학교'에도 여러 번 답사하여 돌아가신 김용기 선생님과 그 가족들을 만나보았다. 비 오는 날이면 그 천국 같은 농장을 정신나간 사람처럼 바라보곤 했다. 경기도 황산에 있는 만 평의 농원에는 감자와 고구마, 토마토와 가지, 포도나무와 사과나무 등이 자라고 있었다. 비를 맞은 농장의 모습은 한 폭의 그림과 같았다. 그 무렵 영국의 낭만파 시인인 '키츠', '워즈워드', '예이츠'와 '신석정', '김영랑' 시인처럼 자연을 노래한 시들에 빠지기도 했다.

40년의 세월이 빠르게 지나갔다. 긴 방황 끝에 의과대학에 입학했다. 졸업, 결혼, 남편이 되었고 아버지가 되었다. 숨가쁜 현실 속에 남편으로서, 아버지로서 책임을 다하며 하루하루를 지내다보니 자연에 대한 동경과 열병은 나의 무의식 속에 조용히 잠들어 있다가 가끔씩 꿈틀대고 있을 뿐이다. 깊은 산속을 걷거나 아름다운 강가에 앉아 있으면 문득 고등학교 시절 자연에 대한 격정이 스쳐지나가지만, 병원에 출근해 일상으로 돌아오면 책임이라는 무거운 짐에 눌려 감정은 정지되고 응고되고 만다.

최근에 이 영화를 다시 보았다. 나이 들어 다시 본 영화는 여전히 아름다웠지만, 서정의 아름다움과 자연에 대한 열병을 일깨웠던 고등학교 시절만큼 가슴 설레지 않았다. 반면에 한 개인의 삶이 자신의 의지와 상관없이 어디론가 끌려가는 모습을 발견하게 된다. 의사 '지

오늘 밤은 바리키노에서 감자를 캐는 '지바고'를 만나는 꿈을 꿀 것 같다.
깊은 산속 호숫가 초가집, 난로 옆에서 시를 쓰며
행복에 겨워 미소를 짓는 나를 만날 것도 같다.

바고'는 볼셰비키 혁명을 맞아서도 자신의 영적 독립성을 지켜나가며 진리를 탐구하는 고독한 사람으로 평범한 인생을 살아가려고 한다. 하지만 1917년 혁명은 그의 운명에 심각한 변화를 가져왔다. 자기 의지와는 상관없이 혼란의 정국과 경제적 궁핍, 사유재산의 몰수, 체포와 이별, 병들어 죽는 모습에 이르기까지 어떤 운명의 보이지 않는 손에 이끌려 가는 모습을 보게 된다. 큰 역사의 흐름 속에서 개인 의지가 무시되고, 꿈이 상실되는 현실의 고뇌가 느껴진다.

지난 40년을 돌아보면 거역하지 못할 거대한 삶의 굴레가 지금까지 나를 이끌고 온 느낌이다. 선택한 것보다 선택된 것들이 더 많다. 뿌린 대로 거둔다는 말이 어느 정도 맞는 말이기는 하지만 태어남, 부모, 늙어감, 죽음, 시대, 계절의 흐름 등은 우리가 선택할 수 있는 범주가 아니다. 전쟁이나 정치 상황, 경제적 어려움 등 주변 여건은 나의 선택과는 무관하게 벌어지고 그것이 나에게 직간접으로 영향을 주고 있음을 보며 나는 무력감에 젖어든다. 나의 인생의 종점에 〈닥터 지바고〉를 다시 보게 된다면 무엇을 또 느낄 수 있을까. 자연에 대한 그리움, 혹은 운명에 대한 무력감, 아니면 마지막 장면에 나오는 죽음과 그 죽음 뒤에 남은 한 인간의 영향력에 대한 단상일까. 아마도 운명을 응시하며 삶의 마지막 불꽃을 태워야겠다는 나만의 영감을 얻을지도 모르겠다.

지나온 시간보다 훨씬 짧은 시간이 지금 나에게 남아 있다. 그 남은 분량은 내 무의식 속에 울고 있는 슬픈 염원들을 위로해 주고 더불어 해방시켜 주는 시간으로 채우고 싶다. 내 안에 울고 있는 것들이 무엇인지를 듣기 위해서 나는 오늘도 조용히 눈을 감는다.

창밖은 눈이 내리고 있는 고요한 밤이다. 가로등 불빛 속에 내리는 눈은 바람을 따라 이리저리 흩날리는데 영화 〈닥터 지바고〉에 나오는 설경이 영상으로 지나간다. 오늘 밤은 바리키노에서 감자를 캐는 '지바고'를 만나는 꿈을 꿀 것 같다. 깊은 산속 호숫가 초가집, 난로 옆에서 시를 쓰며 행복에 겨워 미소를 짓는 나를 만날 것도 같다. 아니면 아직도 무거운 짐을 지고 가는 슬픈 나를 발견하게 될지도 모르겠다.

산골 소녀와 고시생

의대에 입학하기 전 한참 주위 사람들의 속을 썩이던 시절이었다. 법과대학을 중퇴하고 외무고시를 준비한다는 핑계를 대고 이것저것 도피하기 위해서 제천에 있는 산속에서 8개월 동안 칩거한 적이 있었다. 읍내에서 멀리 떨어진 깊은 산속에 돌과 흙으로 지은 세 채의 집이 있었는데, 그곳은 화전을 일구어 주로 고추 농사를 지어 먹고사는 사람들이 모여 있었다. 나는 그 중 한 집의 남은 방을 얻어 공부를 하려고 들어갔다.

거기서는 옥수수와 감자가 주식이었다. 가끔 꿩과 산토끼를 잡아 영양을 보충했다. 전깃불이 들어오지 않아 호롱불 빛만이 어둠을 비추는 밤은 적막 그 자체였다. 가끔씩 들려오는 짐승의 울음소리와 가까이서 나는 바스락거리는 소리에 나는 밤새 뜬 눈으로 새우곤 했다. 특히 밤에 화장실을 갈 때가 고역이었다. 밭에 줄 거름을 만들기 위해 변을 받으려고 파놓은 화장실의 밑바닥은 깊었고, 나무로 만든 불안한 받침대는 낮에도 조심스러울 수밖에 없었다. 아무것도 보이지 않는 칠흑 같은 밤에 바람이라도 불어 커다란 나무가 공룡처럼 흔들리며 소리를 낼 때 화장실에 앉아 있으면 나오던 변이 쏙 다시 들어간다.

내가 묵고 있는 집 주인은 50대 중반의 꼬장꼬장한 분이셨다. 아편 중독으로 가산을 다 탕진하고 산속으로 들어오신 분이다.

"먼 훗날 이곳에서 지낸 일들이 잊지 못할 추억이 될 걸세."

그분이 나에게 가끔 던진 말이다. 1972년도 봄부터 늦가을까지 그곳에 있었는데 시간이 지날수록 공부는 안 하고 산속의 아름다운 변화에 빠져 나무와 야생화와 구름과 별들을 멍하니 바라보며 시인이 되어가고 있었다. 봄에는 울긋불긋 꽃들이 지천으로 피었다. 여름에는 초록의 갖가지 나무들이, 가을에는 농익은 단풍들이 얼마나 나의 마음을 흔들어 놓았던지……. 그야말로 '별유천지비인간(別有天地非人間)'이었다. 그 시절 나는 속세를 벗어나 자연에 도취해 독일어, 서반아어, 민법총칙, 행정법, 외교학 등 공부하려고 가지고 갔던 책들은 펼쳐보지도 않고 자연과 하나 되어 지냈다. 처음에 무서웠던 밤의 짐승 소리도 차차 친근하게 느껴졌다.

내가 묵고 있는 집에는 초등학교 3학년 된 딸이 있었는데 눈이 검

"먼 훗날 이곳에서 지낸 일들이 잊지 못할 추억이 될 걸세."
그분이 나에게 가끔 던진 말이다.

고 초롱초롱했다. 도시의 때가 묻지 않아서 너무나 순수한 아이였다. 계곡물에 발도 씻겨 주고 읍내에 나갈 일이 있으면 만화책도 사다 주었다. 아이와 손잡고 꽃 핀 산길을 걷다가 소나기가 내리면 큰 바위 밑에서 비를 피하며 젖은 모습을 바라보고 웃던 기억이 새롭다.

얼마 전 병원에 40대 중반의 세련된 여인이 몸에 습진이 있어 내원했다. 어디서 많이 본 사람 같아서 "어디서 살았습니까?" 하고 물어보았다. 그 여인도 나를 유심히 보는 것 같았다. 우리는 거의 동시에 제천의 청년과 초등학생이었음을 알게 되었고, 그 여인의 눈에서는 물기가 비쳤다. 나는 가을에 산에서 내려와 집안의 권유로 고시를 포기하고 의대에 입학하게 되었다. 그 후 의과대학생으로 공부와 결혼, 개업 등으로 바빴다. 이따금씩 그 산골의 자연과 산골 아이에 대한 단상이 스쳐 지나가기는 했지만 이내 바쁜 도시의 생활과 가정에 대한 책임에 묻혀 현실로 돌아왔다. 여인은 35년 전에 있었던 일들을 소상하게 기억하고 있었다. 내가 자신의 때가 낀 새까만 손과 발을 씻겨 주면서 "여자는 자기의 몸을 가꿔야 한다."라고 말했다고 한다. 그 후 그 여자는 자신의 몸을 가꾸는 일에 게으르지 않았다고 했다. 그래서 그런지 우아하고 세련된 모습의 여인으로 변해 있었다. 중학교를 졸업하고 서울에서 자리 잡은 오빠의 도움으로 서울에서 고등학교와 대학교를 나왔고, 결혼했지만 지금은 이혼하고 두 아들과 함께 살고 있다고 했다.

퇴근 후 그녀와 저녁을 함께 하면서 지난 35년의 살아온 과정을 얘기했다. 세월만 따져보면 35년은 긴 시간이었지만 1시간 안에 모두 얘기할 정도로 작은 분량밖에 되지 않는 데 놀랐다. 하루하루를 바쁘게 살아 왔지만 35년 동안 있었던 일은 입학과 졸업, 결혼과 양육이 전부였다. 변화라면 싱싱했던 얼굴이 주름진 모습으로 변하고 세상이 더욱 분주해진 것이다.

그 산골은 가운데로 도로가 나고 집터에는 카페가 생겼다고 했다. 계곡과 마당, 꽃과 나무와 호롱불은 사라지고 아스팔트로 포장된 도로와 카페의 등불이 들어왔다고 한다. 이제는 밤하늘의 별들도 예전처럼 초롱초롱하지 않다고 했다. 인간의 편리함을 위해서 산허리는 잘려지고 그 많던 동물들은 어디론가 쫓겨나 버렸다. 이제는 그 산골의 모습은 지구상에서 영원히 사라져 버렸다고 했다. 우리들도 이미 그때의 순수했던 청년과 초등학생은 아니었다. 35년을 오염된 뿌연 하늘과 도시의 소란함과 생존을 위한 몸부림으로 이리 찢기고 저리 찢긴 도시인이 되어 있을 뿐이다.

여러 가지 감정이 교차했지만 나는 사랑하는 아내와 딸들이 기다리는 집으로 발걸음을 옮겼다.

워낭소리

날씨가 본격적으로 더워지고 있다. 에어컨을 켜고 있지만 짜증 나기는 마찬가지다. 환기를 시키려 문을 열면 더운 바람이 지하철의 손님처럼 밀려온다. 앞으로 최소한 두 달은 에어컨의 신세를 져야 할 것 같다. 밀폐된 공간에서 생활해야 하는 개업의로서는 겨울의 난방이나 여름의 냉방이 고맙지만 답답하기는 마찬가지이다. 23년 동안 모든 것들은 조금씩 쉬지 않고 변해 버렸다.

개업 당시 들여놓은 의자와 책상을 지금도 쓰고 있다. 하루 종일 앉아 있는 직업이라 그 당시 가장 편안하고 튼튼한 의자로 60만 원이나 주고 산 것인데 당시 간호사 월급이 20만 원 정도였으니 비싼 것임에 틀림없다. 23년이 지난 지금은 그 의자도 피부질환과 관절염을 앓고 있는지 가죽은 트고 삐걱거리는 소리가 여기저기서 들린다. 책상도 세월을 견디지 못하고 구석구석이 떨어져나가 볼품이 없다. 나이보다 젊게 보인다고는 하지만 눈이 침침해서 책을 오래 볼 수도 없다. 팽팽하던 얼굴은 주름이 잡혀 옛 얼굴의 형태는 사라졌다. 머리카락은 힘을 잃고 하얗게 서리가 내렸다. 몸 관리를 잘하고 있다지만 여기저기 아프고 혈당도 정상수치는 아니다.

어린 환자들로부터 할아버지라는 말을 자주 듣는다. 시간은 모든 것을 변하게 하고 파괴하고 만다. 모든 것을 늙게 하고 병들게 하고 추하게 바꾸어 버린다. 젊고 싱싱하고 아름답던 것들을 한결같이 그렇게 만들어 버린다. 우리 의사들은 늙는 현상에 대해 공부하지만 왜 늙는지는 알려고 하지 않는다. 사실 알 수도 없다. 그것은 우리 인간의 영역이 아니다.

그 동안 병원을 하면서 예비군을 마쳤고 민방위 소집도 끝냈다. 조금 있으면 연금 내는 것에서도 해방되고 연금을 받는 나이가 된다. 또 아이들을 양육하는 의무에서도 해방되어 무거운 짐을 벗고 자유인이 되는 것처럼 시간은 우리를 의무에서 해방시키기도 한다. 태초부터 시작된 길고 긴 시간 중에서 20, 30년은 아주 짧은 시간이다. 하지만 너무나 많은 것이 변했다. 이제 나도 낡은 세대에 속한 탓에 인터넷과 휴대전화 사용이 서툴고 낯설다. 모든 것이 규격화, 획일화되어 간다. 메말라가는 것이 나에게 서글픔을 안겨 주고 주위의 변한 모든 것들이 나와는 먼 것처럼 느껴진다.

전기가 들어오지 않은 산동네에서 등잔불 아래 옹기종기 모여 라디오 연속극을 숨죽이며 듣던 시절이 그리워진다. 흙먼지 날리던 신작로 역시 그립다. 야생화가 지천으로 피어 있고 호랑나비와 앞서거니 뒤서거니 하면서 걸었던, 지금은 아스팔트로 포장된 산길이 옛날 모습 그대로 아직도 내 마음에 살아 있다.

지난 주말에는 예전에 지냈던 제천의 화전민촌에 가 보았다. 그때는 깊은 산중에 세 가구만이 밭 갈며 욕심 없이 살고 있었다. 계절 따라 이름 모를 꽃들이 철따라 피고, 저녁놀이 질 때면 초가집 굴뚝에선 밥 짓는 연기가 모락모락 피어오르는 모습이 아름답고 고적했다. 비 오는 밤이면 캄캄한 숲 속에 떨어지는 빗소리로 인해 장엄한 교향곡이 들리고, 초가지붕에선 쉬지 않고 낙숫물이 떨어지며 적막을 깨웠다. 나무와 하늘 외에는 아무것도 보이지 않고 철따라 형형색색 변하는 산의 변화와, 밤하늘의 수많은 별들과, 밭가는 늙은 소의 워낭소리만이 구슬피 울리는 에덴동산과 같이 세상과 구별된 곳이었다.

다시 찾은 그곳은 뒤로는 고속도로가 나 있고, 집터에는 카페가 들어서 초롱불 대신 네온이 어지러이 빛을 발하고, 강아지가 뛰놀던 앞마당은 주차장이 되어 있었다. 옥수수밥과 감자 대신에 돈가스와 커피를 팔고 있었다. 이제 그곳에는 농사를 짓던 순수한 화전민이 아니라 눈치 빠른 장사꾼이 있을 뿐이다.

시간은 싱싱하고 아름다운 것들을 낡고 늙게 하여 우리를 슬프게 한다. 사라져가는 옛것으로 인해 또다시 우리는 슬프다. 한 세대는 가고 한 세대는 온다. 해 아래 새것이 없다. 모든 것은 시간 속에 흐르고 지나간다. 바람은 남으로 불다가 북으로 돌이키며 이리 돌며 저리 돌아 불던 곳으로 돌아간다. 시간의 배를 타고 나는 영원을 향해 흘러간다.

선배의 자살

요즘 우리나라의 산과 바다 그리고 들판이 아름답다. 추석 연휴에 우리 부부는 서해안의 작은 섬인 승봉도와 양평에 있는 유명 산에 갔다. 빛을 받아 갖가지 색을 띠는 바닷물이 아름답다. 바다 끝에 걸린 낙조가 그림 같았다. 외국에서 보는 망망대해 끝의 낙조가 아니라 산과 산 사이로 보이는 바다, 그 밑으로 떨어지는 붉은 해와 주변에 퍼진 빨간 색조의 저녁노을이 무척 아름다웠다. 들판에는 누런 곡식이 고개를 숙였다. 밭에는 빨갛게 익은 고추들이 부끄러운 양 잎사귀에 몸을 숨기고 있었다. 물안개 낀 새벽의 북한강과 구름 낀 주변의 산들을 바라보며 드라이브할 때 참으로 행복하다고 느꼈다. 밤에 뜬 보름달과 하늘에 박힌 별들로 이미 우리는 소년 소녀가 되어 있었다. 우주의 일부가 되었다. 한참을 누워서 밤하늘의 별을 구경했다. 모닥불을 피우고 감자와 고구마를 은박지에 싸서 구워 먹었다. 산과 바다, 계곡은 사람의 손길이 닿지만 않는다면 언제나 그렇듯 아름답다. 이렇게 아름다운 경치를 보고, 해변을 걸을 수 있고, 먹을 것을 먹을 수 있으니 얼마나 즐거운 일인가.

얼마 전 선배 의사분이 스스로 목숨을 끊었다. 평소에 소탈하고 술도 잘 마시고 쾌활하던 분이었다. 그분의 가슴속에는 목숨과 바꿀 어떤 슬픔과 고통이 있었을 것이지만, 그것이 무엇인지 우리는 알 수는 없다. 동료 의사 중에는 10년 전 의료 사고와 보증을 잘못 서서 파산선고를 한 친구가 있다. 10년 동안 전세를 전전하며 취직도 못하고 대진의(代診醫)를 하며 아이들을 키웠다. 아이들에게 방 하나씩 주고 부부는 마루에서 잠을 잤다. 10년의 세월 동안 부부가 힘을 합하여 열심히 빚을 갚고 지금은 작은 집을 장만했다. 아이들은 그 힘든 환경 속에서도 건강하게 자랐다.

환갑을 바라보는 나이에 이 부부는 손이 있어 일할 수 있는 것이 행복하고 발이 있어 걸을 수 있으니 행복하다고 말한다. 인생의 행복이란 어떤 추상화된 관념이 아니라 그때그때 느끼는 감정의 표현력이자 가장 평범한 것들 중의 하나다. 인생의 행복이란 언제나 상대적인 것이다. 행복이 여기 있다, 저기 있다 말할 수 있는 것이 아니고 우리 마음에 있는 것처럼.

어쩌면 행복이란 자연의 법칙에 우리를 맡기는 것일지도 모른다.
우리가 할 수 있는 것은 그리 많지 않다.
자연이 주는 아름다움을 감사하게 받아들이는 것으로도 충분하다.

사람들은 행복이나 불행을 자의적으로 해석하는 경향이 있다. 그래서 엉뚱한 것을 행복이라 생각하고 정말 행복한 것을 불행이라 착각한다. 행복은 자기 주변에 얼마든지 있다. 춥지도 않고 덥지도 않은 이 가을에 부부가 손잡고 오솔길을 걸을 수 있으면 이미 행복한 것이다. 무엇을 먹을까, 무엇을 입을까, 걱정하는 순간 행복은 날아가 버린다. 정욕과 욕망이 싹트는 순간 불행은 시작된다. 행복은 남과 비교하는 순간 사라진다. 행복은 별것이 아니다. 행복은 이미 우리 마음에 와 있는 것이다. 행복은 소유에 있지 않다. 행복은 선택이다.

가을이 와 있다. 조금 있으면 겨울이 올 것이다. 또 봄이 올 것이고……계절 따라 세월은 가고 우리도 늙어간다. 어쩌면 행복이란 자연의 법칙에 우리를 맡기는 것일지도 모른다. 우리가 할 수 있는 것은 그리 많지 않다. 자연이 주는 아름다움을 감사하게 받아들이는 것으로도 충분하다.

강원도 정선에 가려 한다. 정선 5일장의 부지런한 사람들과 부대끼는 맛, 그곳의 산과 계곡과 들판을 보려 한다. 나는 행복한 사람이다. 걸을 수 있고, 볼 수 있고, 먹을 수 있으니 말이다.

메밀묵과 찹쌀떡

해마다 수능일이 되면 수험생들을 얼어붙게 하는 추위가 있었지만 올해의 수능일은 춥지 않았다. 겨울이 오려면 한참을 기다려야 할 것 같다. 아름다운 단풍이 그대로 있고 산에는 이상 고온으로 개나리가 피어 노란 꽃잎을 내밀고 있다. 요즘은 추위가 와도 옛날처럼 얼어붙을 정도로 차갑지 않다. 난방이 잘 되는 집에서 나와 차를 타고 출근해 난방이 잘 되는 직장에서 근무하다가 퇴근한다. 겨울다운 풍경과 낭만이 없다.

초등학교에 다닐 때 국어 교과서에 실린 「첫눈」이란 글이 있었다. 11월 초쯤 반 아이들이 이 글을 읽고 있을 때 창밖으로 첫눈이 펄펄 내렸다. 그 시절이 유난히 추웠던 것은 입고 먹는 것이 시원치 않은 점도 있었지만 3층짜리 건물이 별로 없던 도시 변두리에 매서운 바람이 아무런 방해도 받지 않고 항상 쌩쌩 소리를 내며 불었기 때문이다. 난방이 되지 않는 집의 구조는 우리를 더욱 춥게 했다. 겨울 내내 눈이 녹지 않는 시절, 여자들은 여러 가지 색깔로 물들인 털장갑을 꼈다. 남자아이들은 가죽장갑에 토끼 가죽으로 만든 귀걸이를 하는 사람도 많았다. 10월이 가기 전에 엄마들은 털실을 가지고 장갑과 모자와 털 조끼를 짜기에 바빴다.

겨울은 겨울다워야 한다. 그때는 모자와 장갑으로 무장하고, 긴 외투를 두른 채 고개를 숙이고, 눈 쌓인 거리를 걷는 행인들의 얼굴은 모두 절제와 인내를 수련하고 있는 사람들 같았다. 지금처럼 수다를 떨며 걷지도 않았고, 여기저기를 기웃거리지도 않았고, 오로지 앞만 보고 걸었다. 유리창에는 얼음이 붙어 있고 밤에 창문을 열면 소리 없이 눈이 내리는 날이 많았다. 눈 내리는 밤하늘을 보면 어느새 시인이 된다. 내리는 눈을 밤새 바라보기도 했다. 이제 도시에는 털 귀마개를 쓴 사람이 없다. 털장갑을 한 어린이도 보이지 않는다. 엄마의 정성과 낭만도 사라진 것이다. 양지바른 곳, 고드름 달린 추녀 밑에 옹기종기 모여 놀던 개구쟁이 시절은 빌딩과 차들의 홍수 속에 사라졌다. 아랫목에 모여 앉아 화롯불에 밤을 구워 먹으며 옛 이야기를 주절대는 낭만은 완벽하게 가동되는 아파트의 난방으로 인해 다시 재현할 수 없는 장면이 되어버렸다. 이제 도시는 춥지 않다. 도시에는 절제와 인내와 연단과 정성이 없다. 분주함과 소란함, 현란한 네온사인 아래 욕망의 불빛만 가득하다.

도시에 내리는 눈은 우리의 마음에 내리지 못하고 저만치 거리를 두고 내리는 물질일 뿐이다. 우리의 마음은 가난하지 않고 애통하지 못하고 순결하지 않다. 사람들은 시를 읽지 않는다. 시를 읽을 만한 정서적 에너지가 없는 것이다. 그저 끈적끈적하도록 오염된 도시의 불빛에 하루를 맡긴다.

"메밀묵 사려, 찹쌀떠억."

이 소리마저도 그 옛날의 소리가 아니다. 겨울의 찬 공기를 가르며 들려오는 애절한 소리가 아니라 탁한 공기를 통해 들려오는 상업적인 메마른 소리일 뿐이다. 겨울은 겨울답게 추워야 한다. 모든 오염된 것들을 없애 버리고 우리의 속사람을 연단시킨다. 첫눈이 오면 눈 덮인 오솔길을 걷고 싶다. 산 속에서 하루 밤을 새고 싶다.

설날

어릴 적, 설이 다가오면 가난한 산동네 아이들도 가슴이 설레
기는 마찬가지였다. 어머니는 밤새 한 벌밖에 없는 아이들의 옷과 양
말의 구멍 난 곳에 천을 대고 기우고 깨끗하게 다림이질 한다. 새 옷
이나 '기차표' 운동화를 사 오시는 날은 가슴이 터질 듯 만세를 부르
고 행복에 겨워 눈물을 흘린다. 부모님은 없는 돈에 떡과 나물을 준
비한다. 동네 아이들에게 줄 세뱃돈도 준비한다. 평소에는 굶는 날이
많았지만 설날만은 마음껏 먹을 수 있었다. 이즈음 어머니의 긴 머리
가 갑자기 짧아지기도 하고 손에 끼고 있던 반지가 사라지기도 한다.
섣달그믐 날은 잠이 오지 않아 상상의 날개를 펴며 날을 샌다.

깨끗한 옷과 맛있는 음식과 세뱃돈. 그때는 친구들과 이웃에 무리

를 지어 세배를 다녔다. 어느 집에서나 우리들의 머리를 쓰다듬어 주면서 세뱃돈을 주었다. 저녁에 또래들은 모여 누가 세뱃돈을 많이 받았는지, 어느 부모님이 많이 주었는지 셈을 한다. 그때는 설날이라고 해서 특별히 음식 쓰레기가 남지 않았다. 먹다 남은 것은 며칠 동안 다시 데워서 아껴 먹었다. 평소 못 먹던 기름기 있는 음식을 먹고 나면 탈이 나기 일쑤였다. 생선뼈나 약간의 남은 음식은 집에서 기르는 닭이나 강아지 몫이었다. 하루만이라도 깨끗한 옷과 맛있는 음식을 먹을 수 있어 정말로 행복했었다.

반세기가 흐른 요즘 설날은 공휴일일 뿐이다. 아이들은 좀처럼 흥분하지 않는다. 밀린 숙제를 해야 하고 학원에서는 보충수업을 한다. 엄마는 새 옷을 준비하지 않아도 된다. 아이들은 어떤 옷을 입을까 고민할 정도로 넘쳐난다. 아이들과 부모들은 지금까지 가꾼 몸매를 유지하기 위해서라도 설 휴일 동안 체중이 늘지 않도록 주의해야 한다. 가기 싫은 시댁에도 가야 하기 때문에 돌아오는 설이 그리 반갑지 않을 수도 있다. 설 휴일 동안 잔반통은 늘 흘러넘친다. 쓰레기도 넘친다. 세배는 자기 부모님이나 친척들에게만 하는데, 그것도 학원과 시험을 핑계로 생략한다. 바쁘게 산 덕분에 반세기 동안 많이 풍요로워져서 구멍 난 양말을 기워 신지 않아도 된다. 엄마는 아이들의 옷을 정성스럽게 준비하는 대신 시장이나 백화점에서 쇼핑을 하거나 인터넷으로 주문한다. 때로는 아이들 스스로 사게 한다.

가난했지만 넉넉했던 산동네의 설이 그립다.
인자했던 이웃 아저씨들이 그리워지고,
세배 다니던 동네 친구들이 그리워진다.

비록 어릴 적에는 가난했지만 여유와 낭만이 있었다. 요즘에는 풍요로움을 일구기 위해서 분주히 움직이지만 여전히 만족함을 못 느끼며 쉴 틈 없이 일의 노예가 되어 살고 있다. 풍요와 편리 속에 정성과 관심과 대화는 사라졌다. 사람들은 외로움을 느낀다. 하지만 외로움을 도피하려 더 분주하게 움직인다. 그럴수록 더한층 고독해지고, 이유 없이 스스로에게 분노한다.

남아도는 것들의 썩는 냄새가 난다. 우리의 마음도 그와 같이 가난하지 않고 더러운 것으로 가득 차 썩은 냄새가 난다. 가난했지만 넉넉했던 산동네의 설이 그립다. 인자했던 이웃 아저씨들이 그리워지고, 세배 다니던 동네 친구들이 그리워진다. 지금은 없어진 판잣집과 우물과 꽃밭과 솔밭과 실개천이 그리워진다. 돌아가신 부모님의 정성이 그리워진다.

가난한 날의 추억

병원 뒷골목은 음식점과 술집이 밀집되어 있다. 나이트클럽과 모텔도 많아 밤이 되면 골목 마다 사람들로 메워져 다니기조차 힘들다. 네온의 불빛은 사람들을 어지럽게 하고 들뜨게 하여 금세 마취시켜 버린다. 이 소란스러움은 저녁부터 다음날 새벽까지 계속되는데 아침에 출근할 때도 여기저기 취해서 비틀대는 젊은이들이 보인다. 전날 도로에 뿌려진 광고, 특히 술집을 광고하는 전단지를 치우는 청소부의 손길이 바쁘다.

두 달 전부터 거리는 조용해졌다. 크리스마스와 12월 31일에도 거리는 한산했다. 예년 같은 흥청거림과 비틀거림은 사라지고, 조용하고 차분한 거리에는 차가운 바람에 옷깃을 올리며 고개를 숙인 채 바삐 가정으로 돌아가는 사람들이 있을 뿐이다. 경제가 어려워지고 주머니사정이 여의치 않자 사람들은 긴장한 듯이 거리에서 서성거리지 않고 가정으로 돌아간다.

새해 첫날 가족과 함께 강화도에 있는 썰매장에 갔다. 5천 평 정도의 논에 물을 채워 얼려 만든 썰매장인데 어렸을 적 집 근처 논에서 썰매를 타던 추억이 떠올라 흥분되는 하루였다. 아내와 딸들도 처음 접하는 썰매타기에 즐거워했다. 예전에 어렸을 때 타던 썰매는 외발 썰매를 비롯해 그 크기와 썰매 날이 모두 개성이 있었다. 굵은 철사를 이용하기도 했고, 대장간에서 'ㄱ'자 날을 사다가 이어붙이거나 남들이 부러워하는 녹슨 스케이트 날로 만들기도 했다.

그곳에서 빌려주는 썰매는 규격화되고 조금 작아 아쉽기는 했지만 우리는 기차놀이도 하고 누가 빠르나 내기도 하면서 시간 가는 줄 모르며 땀을 흘렸다. 어린 아이들을 데려온 젊은 부부들이 대부분이었지만 머리가 하얀 할아버지와 할머니들도 여기저기 눈에 띄었다. 국민소득이 100불도 안 되던 시절의 유일한 겨울 놀이였던 썰매를 다시 타며, 또 얼음 위에서 팽이채로 팽이를 돌리면서 나의 마음은 어느새 옛날로 돌아갔다.

1950년대 미아리와 삼양동의 산언덕에는 지금처럼 사람들이 많이 살지 않았다. 그곳에 사는 사람들은 가난해서 하루 세 끼 밥을 먹는 가정이 별로 없었다. 봄이 되면 산에 가서 나물을 뜯어다가 보리쌀과

먹고 살 만큼 되면 지난날의 가난한 기억을 잊어 버리나보다.
가난이나 불행을 오래 기억한다고 좋을 리 없겠지만
가끔은 가난한 시절의 작은 행복을 느껴보고 싶다.

함께 죽을 끓여 먹던지 정부에서 주는 밀가루로 수제비나 칼국수를 만들어 먹는 것이 전부였다. 그것도 여의치 않으면 몇 날을 굶는 것이 보통이었다. 지금의 길음 시장 쪽에는 그 당시에도 사람이 많이 살고 있었지만, 거기서 30분 정도 더 걸어가면 삼각산 자락이어서 나무들이 많았고 정말로 인적이 드물었다. 집이 없던 사람들이 그곳을 개간해서 집을 짓고 살아도 아무도 말하지 않았던 시절이었다. 몇 년이 지나 농촌에서 올라온 도시 빈민들과 철거민들로 가득 차게 되었지만 처음에는 판자나 흙벽돌로 지은 10여 가구 정도가 모여 살았다.

재개발이 된다는 말을 듣고 그곳에 다시 가 보았다. 45년만의 일이다. 빽빽히 들어찬 낮은 집들과 좁은 골목길, 부서진 연탄재, 내가 그곳을 떠날 때 모습이 아직 많이 남아 있었다. 찬바람이 저쪽 골목길을 따라 이쪽으로 불어온다. 나는 고개를 숙이고 상념에 잠긴다.

그때 친구들은 중학생 정도만 되면 가출을 생각했고 실제로 가출한 아이들이 많았다. 굶으며 학교를 다니기보다는 가출하여 구두를 닦든가 아니면 극장이나 빵집에 취직하기를 원했다. 모두가 어렵던 시절이었지만 그곳 산동네의 궁핍과 고통은 더욱 심했다. 지금처럼 비만으로 고생하는 사람은 단 한 사람도 없었다. 밥 한 번 배불리 먹는 것이 간절한 소망이었다. 증명사진을 찍을 때면 마른 얼굴을 보이기 싫어 볼에 바람을 넣고 찍는 친구들도 많았다.

그곳에 살던 어느 가정의 이야기이다. 그 집 아버지는 겨울에는 서울 근교를 다니면서 쌀이나 강냉이를 튀겨 팔고 여름에는 과일을 받아서 팔며 생계를 꾸려 가시는 분이었다. 가끔은 이웃한 우리 집에 팔다 남은 강냉이를 갖다 주곤 했는데 그런 날이면 모든 염려와 시름은 사라지고 강냉이 한 봉지로 기쁨과 행복에 가득 찼다. 그 집 막내아들이 내 친구라 나는 그 집 사정을 잘 알고 있었다. 어머니가 밥을 굶은 채 힘없이 일하러 나가는 아버지를 껴안고 우시면서 아버지 주머니에 삶은 고구마를 넣어주시는 모습을 여러 번 보았다고 한다. 그럴 때면 아버지는 같이 우시면서 주머니에 넣었던 고구마를 다시 어머니의 손에 쥐어 주었다. 그 고구마는 결국 세 자녀에게 돌아갔다.

그 집 아버지가 말죽거리에서 강냉이를 튀겨 팔 때였다. 당시 미아리에서 말죽거리를 가려면 산길을 30분 정도 내려와 버스를 타고 돈암동에서 내려야 했고, 다시 전차를 타고 노량진에서 내려 한 번 더 시외버스를 타야만 했다. 한강대교만이 한강을 건너는 유일한 다리였다. 흑석동 길은 포장도 되어 있지 않던 시절이다. 아침에 일하러 나간 남편이 이틀 동안 돌아오지 않았다. 아내는 밥을 먹지 못하고 일을 나간 남편이 눈이 많이 내린 추운 날 길거리에 쓰러졌을 것이라고 걱정했다. 그 길로 남편을 찾아 나섰다. 전화도 흔하지 않던 시절, 무작정 걸으면서 버스를 타고, 전차를 타고, 말죽거리 온 동네를 헤매었다. 동네사람들 얘기로는 이틀 동안 강냉이 튀기는 아저씨를 본적이 없다고 했다. 아내는 정신없이 길가에 쓰러져 있을 남편을 찾고 또 찾았다. 아내는 아무것도 먹지 못한 채 아침부터 저녁까지 남편을 찾아 헤매다가 눈길에 쓰러져 병원에 옮겨졌다.

그 집 아버지는 강냉이 튀기는 기계를 미아리까지 가지고 다닐 수 없었다. 서울 근교에서 일을 할 때는 다른 집에 맡기고 다녔는데 하필 그 기계를 도둑맞은 것이었다. 도둑맞은 사실을 아내가 알면 상심이 너무 클 것을 생각하고 생계수단인 기계를 찾으려고 이틀을 정신 없이 보낸 것이었다. 겨우 기계를 찾은 후 집에 가보니 아내가 병원에 입원하였다는 소식을 듣게 되었다. 병원으로 달려갔다. 남편은 병실에 누워 있는 아내의 두 손을 꼭 쥐고서 눈물을 흘렸다. 가난했던 시절의 아름다운 사랑이야기다.

몇 년 후 그 집은 다른 곳으로 이사했다. 긴 세월 연락이 끊겼다가 최근에 병원에서 그 친구를 우연히 만났다. 3살 된 어린 손자의 피부 질환 때문에 내원했다. 부모님들은 모두 고생하시다 돌아가셨지만 다섯 형제들 모두 그 부모님의 헌신과 사랑으로 잘 지내고 있으며 자녀들 또한 성실하게 살고 있다고 한다. 부모님이 남겨주신 정신적 유산으로 절제와 인내와 사랑을 배웠고, 가난 속에서 한 마음으로 아름답게 살던 기억들이 세상을 이기는 큰 힘이 되었다고 한다.

먹고 살 만큼 되면 지난날의 가난한 기억을 잊어 버리나보다. 가난이나 불행을 오래 기억한다고 좋을 리 없겠지만 가끔은 가난한 시절의 작은 행복을 느껴보고 싶다. 경제가 살아나면 뒷골목은 다시 소란해지고 병원에도 환자가 늘겠지만 반갑지가 않다. 우리의 심령이 항상 가난하고 애통해져서 세상의 소란스러움으로부터 격리되어 마음의 깊은 곳에서 들리는 작은 음성에 붙잡히길 원한다. 새해가 시작되었다. 우리 안에 있는 소란함을 몰아내고 순결하고 청결한 빛이 모두의 가정에 가득하기를 소망한다.

아버지 사랑합니다

오늘은 아버지가 돌아가신 날이자 또한 어머니가 돌아가신 날이기도 하다. 아버지가 돌아가시고 일 년 되는 날 어머니가 돌아가셨기 때문에 같은 날 가족들이 모여 부모님을 기린다. 오늘은 추적추적 비가 내리고 안개마저 끼어 출근길이 심히 막힌다. 라디오에서는 연예인들이 자신의 아버지에 관한 옛일을 회상하면서 울먹인다. 사람들은 부모님이 돌아가신 후에나 간절하게도 그 사랑을 느끼나보다.

이렇게 비가 내리는 날이면 아버지에 대한 추억이 떠오른다. 내가 중학교 2학년 때 우리 가족은 산동네에 살고 있었다. 그곳의 주민들 대부분이 힘든 생활을 하고 있었지만 그 중에서도 우리 가족은 유난히 어렵게 살았다. 그 이유는 다른 집 자녀들은 중학교나 고등학교를 졸업한 후 곧바로 직장에 취직해 돈을 벌었지만, 우리는 모두 학업을 포기하지 않았기 때문이었다. 아니 부모님이 포기시키지 않았다는 표현이 옳은지도 모르겠다. 그만큼 자식에 대한 교육열이 높았다. "집에서 너희들이 공부하는데 도와주지는 못하지만 공부하는 것은 말리지 않겠다."는 것이 부모님의 생각이었다. 집에서 학비 조달이 힘들었기 때문에 누님들은 고등학교를 다닐 때부터 가출 아닌 가출을 하여 직장에 다니며 공부를 계속하였다. 그 당시 두 누님은 의대와 약대를 졸업한 후 결혼해 외국에 나가 있었다. 부모님은 시집간 딸들에게 집안형편을 알리지 않으셨다.

그날도 비가 내리고 있었다. 학교 수업을 마치고 친구와 함께 걸어가는데 아이스케키 통을 둘러멘 사람이 맞은편에서 걸어오는 것이 보였다. 아버지였다. 비가 오는 날 아이스케키를 찾는 사람이 있을 리 만무했지만 '아이스케키'를 외치면서 빗속을 다니고 계셨다. 그 당시 아이스케키 통을 메고 다니는 사람들은 대부분 10대 아이들이었지 50대 후반의 나이든 사람은 없었다. 당시 아버지의 연세가 지금 나와 같은 50대 후반이었지만 고생을 많이 한 탓인지 지금의 나보다 더 노인같이 보였다. 나는 친구에게 그런 아버지의 모습을 보이기 싫어 고개를 숙인 채 아버지를 피했다. 비 오는 날 '아이스케키'를 외치는 뒷모습을 한참 바라보았다. 친구는 아는 사람이냐고 물었지만 나는

고개를 저었다. 이전에는 노동판에 나가 날품을 팔았으나 장마철에 일이 없어 손을 놓고 계시던 중이었는데 밥을 굶는 자식들의 생존을 위해 무언가 하시려고 아이스케키 통을 멘 것이었다. 지친 몸을 이끌고 노동판으로, 나중에는 아이스케키 통을 메신 아버지.

초등학교 2학년인 나의 여동생 역시 봄 소풍을 나가 바로 그와 같이 아이스케키 통을 메신 아버지를 보고 피했다고 했다. 한번은 어떤 구두닦이 청년이 행상을 하고 있던 아버지에게 자신의 하루 수입 전부를 고스란히 쥐어 준 일도 있었다. 그만큼 아버지는 처절한 모습이었다. 밑천 없이 몸으로 할 수 있는 일은 모두 하셨지만, 어린 나와 내 여동생은 그것을 수치심으로 여겼다. 가정환경 보고서에 아버지의 직업란에 '노동'이라고 적는 게 수치스러웠고, 다른 친구들 직업란에 의사, 공무원, 사장, 교사, 회사원등이 적혀 있는 것이 부러웠다. 나는 그 수치심에 갇혀 열등감에 포로가 되었다. 그 부정적 감정을 회피하기 위해서 도리어 여러 가지 면에서 부모님을 근심시켜드렸던 것 같다.

그때 같이 놀던 아이들은 고등학교를 제대로 졸업하지 못했다. 친구들은 학업을 중도에 포기하고 악기를 배우며 밤무대에 나가 돈을 벌었고, 여자 친구들과 동거해 함께 살며 문란한 청춘을 보냈다. 지금 이렇게 행복하게 살 수 있는 것이 아버지의 헌신과 인내, 사랑의 축복이었음을 이제야 깨닫는다. 아버지께서는 나의 모든 부족함을 아시면서도 희망을 가지고 격려해 주셨다. 65명 중에 62등을 한 나의 성적표를 보셨을 때도 실망의 표정 없이 웃으시며 '너는 나중에 큰 인물이 될 것'이라 말씀하시며 노동으로 거칠어진 손으로 머리에 손을 얹고 격려해 주셨다. 그 당시의 아버지의 나이가 된 지금에 와서 생각해보면 아버지는 훌륭한 분이 아니라 위대한 분이었다. 나는 그 후 45년의 긴 세월을 살면서 이렇게 위대한 분을 만난 적이 없다.

아버지는 일제 때 고등교육을 받았고, 경기도 안양에서 지역 유지로서 40대 초반까지는 별다른 어려움 없이 편안히 사셨다. 특히 수학을 잘해 학생 시절 수재로 이름을 날렸다고 한다. 해방 후 토지개혁으로 그 많던 토지를 소작인들에게 나누어 주고 서울로 올라오셨다. 하지만 서울에서의 15년이 얼마나 고통스러운 시간이었는지 나는 알고 있다. 내 나이 여섯 살 때까지 우리 집은 경기도 안양에서 살았는데, 안양에서도 그리 궁색하지는 않았다. 토지가 줄었다고는 하나 집 뒤로 동산이 있고, 집 앞에는 양쪽에 포도밭이 자리 잡았고, 신작로 건너편에는 드넓은 논이 펼쳐졌던 것으로 보아 그런대로 먹고 살만 했던 게 분명했다. 그 토지를 팔아 경험도 없는 사업을 하다가 고스란히 주저앉고 나서 서울로 올라온 것이다.

아버지는 가족을 위해서 몸과 마음으로 최선의 삶을 사시다가 내가 고등학교를 졸업한 뒤 향년 62세에 생을 마감하셨다. 수많은 사람이 태어났다 돌아갔지만 아버지의 죽음은 나에게 큰 슬픔을 안겨주었다. 한 번도 아버지를 기쁘게 해드린 적이 없었다. 실망만 드렸기 때문에 아쉬움은 더 컸다. 친구들이 정부 요직에 있었고 잘나가는 사람도 많았지만 당신께선 일자리를 부탁하지 않고 철저히 은둔의 삶을 사셨다. 지주와 지식인으로서 전환기의 새로운 질서와 환경에 적응은 못했지만 자신의 몸과 마음으로 가족을 위해서 전부를 바쳐 어떻게 사는 것이 최선의 삶인지를 묵묵히 보여 주셨다. 지금 와서 생각하면 우리를 위해 자신의 모든 것을 포기하는 전사의 모습이었다.

몇 해 전 야심한 밤에 일어난 일이다. 아파트 근처에 야생하는 고양이가 울며 다가온 적이 있었다. 사람을 보면 도망가던 고양이가 그날은 도망가지 않고 무언가 애원하는 것 같아서 주위를 둘러보니 멀리 새끼들이 어미의 눈치를 보며 모여 있는 것이 보였다. 며칠 전부터 잔반통을 단속하고 있어서 무엇 때문에 이러는지 금세 알아차렸다. 어미 고양이가 새끼들을 위해 먹을 것을 달라는 것이었다. 두려움을 무릅쓴 채 말도 통하지 않는 사람들에게 애원하는 어미의 모습을 보고 급히 집으로 들어가서 먹을 것을 갖다 주었더니, 어미는 새끼들을 불러 밥을 먹인 후 우리 주위를 한 바퀴 돈 다음에 어디론가 사라졌다. 이때 나는 아버지를 생각했다. 자신의 생명과 수치도 다 버리시고 오직 자식들을 살리려는 아버지의 마음.

중학교 3학년 여름방학 때 조금 철이 들어 아버지와 함께 노동판에 나가 보름정도 일을 한 적이 있다. 면목동에서 일했는데, 산비탈을

깎아낸 흙더미를 손수레에 담아 논을 메우기 위해 퍼 나르는 일이었다. 그렇지 않아도 삼복더위에 밥을 제대로 먹지 못한 상태에서 일했던 나조차 감당하기 어려운 일이었는데 당시 50대 후반의 아버지는 얼마나 힘이 드셨겠는가, 가늠을 할 수조차 없다. 손수레에 흙을 가득 담지 않는다고 감독에게 욕을 먹는 아버지를 보았다. 그때 나는 보름 동안 일한 임금을 받지 못해(감독이 돈을 갖고 도망친 탓에) 풀이 죽어 축 쳐진 아버지의 어깨를 보았다. 조금씩 철이 들기 시작해 주변을 정리하고 공부를 하기 시작한 것이 이때쯤이었던 것 같다.

나중에 나는 예수님을 쉽게 받아들이게 되었는데, 그분께서 지금의 나를 위해 고통당하시고 피 흘리셨다는 사실, 그것이 모든 것을 변화시키고 생명으로, 빛으로 살게 한다는 복된 소식, 그것이 진실이란 것을 나는 아버지를 통해서 분명하고도 확실히 보았기 때문이다. 죽음이 끝이 아니라 부활이 있다는 것이 진실이라는 것, 한 알의 밀알이 떨어져 죽으면 많은 열매를 맺는다는 말씀도 너무 당연히 믿게 되었다. 아버지의 죽음 뒤로 나의 마음에는 어느덧 아버지의 영혼이 살아계시고, 그 영적인 힘으로 삶의 고통을 이겨내고 있다. 나뿐만 아니라 우리 형제 모두에게 아버지는 살아계신다. 형제들의 자녀에게도 살아계신다. 그 자녀의 자녀에게도 살아계신다.

나의 작은 딸이 해외 유학 중에 "아버지의 자녀로서, 하나님의 자녀로서 성실히 승리하겠습니다."라는 편지를 보내왔다. 기숙사의 외국 학생들이 마약과 프리섹스로 유혹이 심할 때였다.

나는 매년 설날이 되면 10여 명이나 되는 조카의 어린 자녀들에게 세뱃돈을 주며 그들에게 축복기도를 해준다.

"이 혼돈의 세상에서 하늘에 속한 모든 신령한 것으로 복 주시고 지혜와 총명에 하나님의 뜻을 아는 것으로 채워 주셔서 이 세상을 이기고 승리하게 인도하여 주십시오."

지금 돌이켜보면 이 가족에게 부여된 많은 축복과 은혜에 감사를 드리지 않을 수 없다. 두 달 전 30명이 넘는 대가족이 함께 모였다. 아버지의 아들, 딸들과 그 자녀들, 또 자녀들의 자녀들. 모두 건강한 가정을 이루었고, 사회적으로 중요한 위치에서 자신의 책임을 다하고 있다. 80세가 다 되신 큰 누님은 그 자리에서 아버지와 어머니의 사랑과 헌신에 대해 후손들에게 들려주었다. 아버지께서 나에게 주신 유산은 가족을 위해 목숨을 거는 용기와 헌신이어서 힘들 때마다 아버지의 전사다운 삶을 생각나게 한다. 주위의 경멸과 조소, 심지어 자기 자식들로부터 인정과 존경을 받지 못했지만 당신께서 마땅히 감당해야 할 역할을 다하신 아버지. 아버지의 그 성스러운 싸움으로 자녀들은 전쟁터에서 살아남았다.

위의 누님 세 분은 정말 어려운 여건 속에서 의대와 약대를 졸업해 사회적 역할을 훌륭하게 다하셨고, 어머니로서 아내로서 건강한 가정을 이루었으며, 그 자녀들 또한 모두 훌륭하게 성장해 모범적인 가정을 이루었다. 그 자녀들의 자녀들도 성실하게 자신들의 인생을 준비하고 있다. 한 분 형님은 휠체어를 타는 장애인이시지만 아버지의 정신을 본받아 끝까지 직장과 가정을 지키셨다. 그리고 자녀들 모두를 잘 키워 떠나보냈다. 정직과 성실과 인내와 겸손. 가정이 무너지는 소리가 여기저기서 들리는 작금의 세상에서 그 후손들이 아버지와 엄마가 되어 그 유산을 자녀들에게 다시 물려주고 있다.

나는 힘들 때마다 비 오는 날 아이스케키 통을 어깨에 두른 채 '아이스케키'라고 외치면서 걸어가시던 50대 후반의 아버지를 기억한다. 지금은 아이스케키 통을 메신 아버지가 수치스럽지 않다. 그분은 가장 위대한 승리자의 모습으로 내게 다가오고 있다. 정말로 수치스러운 것은 삶의 위기를 맞았을 때 아버지처럼 당당하지 못하고 피하려고 했던 나를 발견할 때이다.

"한 알의 밀이 땅에 떨어져 죽으면 많은 열매를 맺느니라."

어진 왕으로서, 전사로서, 친구로서 밀알이 되어 사신 아버지.

사랑합니다.

미안해요.

용서하십시오.

어진 왕으로서, 전사로서, 친구로서 밀알이 되어 사신 아버지.
사랑합니다. 미안해요. 용서하십시오.

진료실 풍경

새해 아침에

빛과 어둠

단골유감

정관수술과 임신

말년 신혼

행복

휴가

짧은 단상

어느 뽀수 이야기

참 사랑

두 노인 이야기

내려놓음

새해 아침에

"새해 복 많이 받으세요. 늘 건강하셔서 고통받고 있는 사람들에게 새 힘을 주십시오."

병원에 단골로 오시는 할아버지가 카드에 써내려간 당부의 말씀이다. 한 달에 한 번 전립선 비대증으로 약을 타러 오시다가 요즘은 몸이 약해져 병원에 직접 오시지 못 하는, 평소에 별 말씀도 없으신 79세 된 할아버지께서 카드를 주실 줄은 몰랐다. 나는 할아버지의·편지에서 큰 감명과 함께 어떤 도전을 받았다. 아이들은 자립할 정도로 자랐고, 병원 운영은 그리 녹록한 편이 아니다. 그저 하루하루 출퇴근을 반복하며 지내는 것이 어찌나 지루하고 수고스러운지, 병원을 그만두고 조용한 시골로 내려가 자연의 품 안에서 책이나 보며 여생

할아버지가 나에게 당부한 것들을
새해에는 마음과 정성을 다하여 이루어내야 하겠다.
여명이 밝아오고, 내 마음에 어둠이 물러가고 생명의 빛이 비친다.

을 어떻게 보낼까 궁리하며 지내는 요즘이다.

79세 된 할아버지가 보시기에는 나는 아직 젊고 할 일이 많다고 여긴 듯했다. 이 사람을 축복해 주는 이유는 고통받으며 힘든 처지에 있는 사람들에게 희망을 주는 사명을 감당하라는 뜻이기도 하고, 누군가에게 그렇게 할 수 있으면 이미 복을 받은 것이라는 뜻도 담겨 있다고 생각한다. 몸이 불편하신 할아버지가 손수 카드를 구입해 의사 선생에게 표현하고 싶은 마음을 직접 담아 우체통에 넣는 영상이 필름처럼 지나갔다.

그 카드는 이 마음을 새롭게 하고 변화해야 한다는 음성으로 다가왔고, 게으름과 목적 없이 사는 나의 영혼을 소생시켰다. 할아버지를 통해서 누군가 나에게 "깨어나라, 아직 할 일이 남아 있다."라고 말씀하는 것만 같다. 나는 그 카드를 잘 보이는 곳에 붙여놓았다. 한해가 다 가도록 매일 보면서 할아버지의 뜻을 실천하리라 마음먹는다.

올해는 의사로서 정체성을 회복하고, 병원에서 나를 필요로 하는 많은 사람들에게 그들의 몸뿐만 아니라 상한 마음까지도 위로해 주는 진정한 의사가 되고 싶다. 먹고 살기에 바쁘다고 나와 우리 가족만 생각하며 살았다. 그렇게 생각하며 사는 지금이 부끄럽다. 형편이 어렵다고 자꾸만 뒤로 물러서려고 했던 나의 생각이 수치스럽다. 그동안 병원에서 치료받았던 많은 사람들에게 용서를 구하고 내 마음에 사랑이 없었음을 고백한다. 할아버지의 카드 한 장으로 나의 존재가 더한층 업그레이드가 되는 느낌이다. 의사는 세상의 장사꾼이 되어서는 안 된다. 개업한 작은 공간이 의술을 파는 가게가 아니라 상처받은 영혼을 위로하고 어루만지는 거룩한 장소로 거듭나야 할 것이다.

할아버지가 나에게 당부한 것들을 새해에는 마음과 정성을 다하여 이루어내야 하겠다. 여명이 밝아오고, 내 마음에 어둠이 물러가고 생명의 빛이 비친다. 나는 오늘도 나의 게으름과, 나의 이기심과, 나의 교만함과, 나의 더러움과 함께 죽는다.

그 죽은 자리에 사랑과 겸손과 오래 참음으로 채워지길 소망한다. 내 어깨에 나로 인해 지워졌던 무거운 짐이, 큰 멍에가 사라져 가벼워진 느낌이다. 새해에는 새로운 기쁨과 새로운 마음과 새로운 창조가 모든 동료들의 가정에 일어나기를 소망한다.

단골유감

어느 가게나 단골이 있듯이 병원에도 단골이 있다. 단골은 파는 사람이나 사는 사람 모두가 지속적으로 만족해야 형성된다. 단골이 많은 가게일수록 장사가 잘 되는 곳이다. 단골을 많이 만들려면 친절해야 된다. 물론 정직해야 하고 물건도 좋고 부지런해야 된다. 나는 한 곳에서 20년 넘게 개업을 하며 열심히 자리를 지켰고 그런대로 정직하게 진료했다. 하지만 단골 환자는 그리 많지 않은 편이다.

비뇨기과 개업의의 특징이 있다. 성병이나 발기부전, 야뇨증으로 내원하는 환자들은 밖에서 만나도 반가워하지 않고 모른 척한다. 일종의 비뇨기과 개업의들의 비애인데 자신의 수치심과 열등감을 남김 없이 들여다본 의사와 반갑게 인사를 나누기란 매우 어려운 모양이다. 다른 분야의 의사들과 함께 걸어가면 그 동네 사람 대부분이 단골 환자이기 때문에 옆에 계신 의사 선생님들이 인사 받기에 바쁜 모습을 보게 된다. 나는 나대로 열심히 치료를 해준 환자로부터 외면을 당할 때마다 '내가 왜 비뇨기과를 전공했을까' 후회하게 되고, 다른 과정을 선택했더라면 지금보다 더 보람 있지 않았을까 하는 아쉬움을 갖게 된다.

자신의 치부를 보여주었지만 관계가 좋은 사람들이 있기는 하다. 신장이나 방광, 또는 전립선의 암을 일찍 발견해 수술해 준 사람들이거나 수치심에서 해방된 좀 뻔뻔한 사람들이다. 그들은 자신의 과거에 연연하지 않는다. 연약함을 인정하고 완전해지는 것이 불가능함을 알고 있다.

"어때요, 뭐. 선생님은 실수하지 않으세요?"

그들은 자녀들에게도 칭찬과 격려를 아끼지 않는다. 잘못을 용서하는 것은 기본이다. 누구나 실수를 할 수 있다고 생각하므로 상대방에게 또 자신에게 너그럽다.

"괜찮아. 그럴 수 있어. 다음에 잘하면 되지."

완벽을 추구하는 사람들은 남들도 정죄하지만 자신을 용서하지 못해 힘들어한다. 얼마 전에 7년을 교도소에서 복역한 사람이 병원에 왔는데 이상할 정도로 표정이 밝고 자신감까지 있어 보였다. 그 이유를 다음날 그의 가족을 만나 저녁을 함께 하면서 알 수 있었다.

"너희 아버지는 잘못을 하셨지만, 지금 죗값을 치르고 계신다. 누구나 죄를 지을 수 있다. 세상에는 죄가 드러난 죄인과 숨겨진 죄인이 있을 뿐이다."

그의 아내가 아이들에게 늘 이렇게 말했기 때문에 아버지에 대한 아이들의 태도에는 문제가 없었다. 신이 내린 무당을 연구하는 모 대학의 교수가 쓴 글이 생각난다. 3000명의 무당을 만났는데 그들 모두가 그 교수의 과거를 귀신같이 맞히더라는 것이다. 예를 들어 그 교수가 10년 전 어느 다방에서 누구와 만났다는 사실을 모든 무당들이 똑같이 알고 있었다. 그런데 미래는 보통 사람들과 같이 예상만 할 뿐 맞히지 못했다고 한다. 어둠의 영인 잡신들은 우리의 과거를 붙잡아 흔들며 힘들게하는 속성이 있는데, 부족하고 연약한 우리의 과거는 실수로 가득 차 있을 게 뻔하다. 이것을 지적하여 수치심과 죄책감을 느끼게 하여 기쁨과 평화를 빼앗아가는 존재들이 잡신은 아닐까.

지나간 일에 집착해서는 안 되겠고, 자신의 과거 때문에 수치심이나 열등감에 사로잡혀서도 안 되겠고, 몸과 마음을 빼앗긴 나머지 시간을 낭비해서도 안 되겠다. 체면 문화가 강하게 형성된 이 사회에서는 그와 같은 경향이 유독 강하다. 개인이나 가정, 시민사회 모두가 자유롭기 위해서는 스스로 자신을 용서할 수 있는 여유가 있어야 하겠다.

"이전 것은 지나갔으니, 보라! 새것이 되었도다."

정관수술과 임신

정관수술은 시술 후에도 200명, 또는 300명당 1명꼴로 임신이 되는 경우가 있다. 이럴 경우는 보통 수술 후 4~5년이 지나 일어나기 쉬운데 정관수술을 많이 하는 나 역시 이런 일을 종종 경험한다. 이 경우 나에게 다짜고짜 따지는 사람도 있고, 보상을 요구하는 사람도 있으며, 심지어는 소송을 하는 사람도 있다. 하지만 의학적으로 의사의 책임이 아니어서 소송에서 패하는 경우는 없다.

나의 경험으로는 정관수술을 한 환자 중에 20명 정도가 임신이 되었는데 인간의 인위적인 행위에 자연의 끈질긴 저항이라 할까, 임신이 되어서 올 때마다 나는 당황하게 되고 그때마다 설명하면서 진땀을 흘렸지만 태중의 생명을 살리는 데 온 신경을 쓰지 않을 수 없다.

"수술 부위를 뚫고 올라온 정자는 강하고 똑똑한 놈입니다. 태어날 아이는 매우 건강한 천재일 겁니다."

나는 대부분 아이를 낳도록 권유했다. 그렇게 태어난 아이들이 초등학생과 중학생으로 자랐는데 아버지와 아들이 함께 찾아와서 진료를 받는 날도 있다.

"얘가 그때 그 아이입니다."

나는 이 세상을 보지 못했을 수도 있는 그 아이를 보면서 생명의 소중함을 느낀다.

아내가 임신을 했다며 병원을 찾는 사람의 경우 정액을 받아 검사하고, 정자가 나오면 수술을 해주면 그만이지만 정액에 정자가 없는 경우는 문제가 된다. 아내가 나중에 생리를 하고 임신이 아닌 것으로 판명이 되면 문제가 없지만 임신이 확실하다면 문제는 더 커진다. 남자는 임신을 시킬 수 없는 상태인데 여자가 임신이 됐다면 다른 남자와 성관계를 했다는 것으로밖에 볼 수 없기 때문이다. 요즘처럼 불륜이 유행처럼 퍼져 있을 때 일어날 수 있는 일이다.

오늘도 6년 전에 나의 병원에서 정관수술을 받은 남자가 아내의 임신 소식을 듣고 상기된 얼굴로 병원을 찾아왔다. 아내를 조금도 의심하지 않는 성실한 남편이었고 아내도 부정을 저지를 만한 여자로는 보이지 않았다. 초등학교와 중학교에 다니는 두 아이와 화목하게 사는 이 가족은 금년에도 여름휴가를 명목으로 제주도로 여행을 다녀

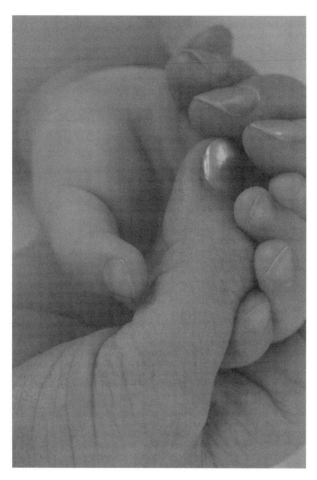

아이를 볼 때마다 생명보다 우선하는 것은 없다는 생각이 든다.
그리고 생명은 용서와 신뢰 위에 힘찬 생명력을 가지고
죄 많은 세상을 이기며 살아갈 것이다.

왔다. 나는 남자의 정액을 받아 현미경으로 확인했지만 정자를 발견할 수 없었다. 순간 머릿속은 하얘지고 여러 가지 생각들이 복잡하게 교차했다. 일단 결과를 전화로 알려주겠다고 돌려보낸 후 생각을 정리해봤다. 산부인과에서 초음파로 확인한 상태이니 임신이 분명하고, 남자는 정자가 없으니 결국 아내가 다른 남자와 성관계를 가진 것으로 결론을 내렸다. 나는 아내를 만나 부정한 사실을 확인하고 싶었지만 그렇게 하지 않았다. 그리고 남편에게 수술한 자리가 다시 연결되었으니 재수술을 받아야 한다고 설명한 후 바로 수술을 단행했다.

"인위적인 깃은 항상 자연을 거스르지요. 외세에 의한 분단은 자연적인 것이 아닙니다. 아마 통일될 날도 멀지 않아요."

나는 다소 엉뚱한 얘기를 하며 얼버무렸다. 그렇게 한 생명이 태어났다. 이 생명으로 인해 모두 기뻐하게 되었고 그 가정에 고요한 평화가 유지되었다. 다행히 아이는 부모의 모습을 많이 닮았다. 혈액형도 문제가 없었다.

우리는 모두 죄인이며 죄목이 드러난 죄인과 드러나지 않은 죄인이 있을 뿐이다. 또한 회개한 죄인과 회개하지 않은 죄인이 있을 뿐이다. 남편이 수술 받던 날 그의 아내도 동행했다. 나는 그의 아내와 단둘이 있을 때 남편은 임신을 시킬 수 없는 상태며 당신과 가정을 사랑하고 있다고 말해 주었다. 아내는 아무 말도 하지 못했다.

우리는 완전한 삶을 살 수 없는 불완전한 존재다. 자신이 완전하다고 생각하는 순간 교만한 사람이 되고 다른 사람을 힘들게 한다. 겸손한 사람은 자신의 부족함을 인정하고 자신의 실수를 애통해하며 마음을 가난하게 한다. 이런 사람들은 다른 사람의 실수도 용서할 수 있으며 그러한 사람만이 진정한 기쁨이 무엇인지 알 수 있다. 용서와 용납이 있는 가정은 마음이 힘들 때 위로가 되고 세상을 살아갈 힘의 원천이 된다.

2002년 9월 11일, 9.11테러 사건 당시 비행기나 건물에 있던 사람들은 죽음을 직감하고 휴대전화를 눌렀다. "여보 사랑해.", "그 동안 미안했어. 용서해 줘.", "애들도 사랑해.", "남은 인생, 행복하게 살아." 그들 인생에서 마지막 순간에 떠오른 가장 중요한 물음은 "나는 사랑하는 사람을 지키기 위해 최선을 다했나?"였을 것이다.

건강하고 화목한 가족이라고 해서 문제가 전혀 없는 것은 아니다. 건강하고 화목한 가족은 설령 문제가 발생할지라도 대처할 방법을 알며, 갈등을 성장의 기회로 삼을 줄 안다. 지금도 그때의 일을 생각하면 내가 잘 한 일인지 확신할 수가 없다. 그렇지만 그 아이를 볼 때마다 생명보다 우선하는 것은 없다는 생각이 든다. 그리고 생명은 용서와 신뢰 위에 힘찬 생명력을 가지고 죄 많은 세상을 이기며 살아갈 것이다.

환청처럼 위로부터 큰 소리가 들린다.

"너희 중 누구든지 죄 없는 자가 먼저 돌로 치라."

말년
신혼

전립선비대증으로 치료를 받아오시던 78세 되신 할아버지께서 금년 6월에 세상을 떠나셨다. 할아버지가 처음 병원에 오신 것은 5년 전이었다. 한 달에 한 번 오시면서 자신의 인생 역정에 대해서 자주 이야기하셨다. 평양에서 살다가 남하한 이야기며, 군대 시절 이야기, 5.16군사정변 이야기와 사업하시던 이야기를 하셨는데 특별히 자신이 사귀었던 여러 여자들의 이야기를 자세히 들려주셨다. 꽤 오래 사귄 여자들만 열 손가락을 넘는다. 5.16군사정변에 가담하여 최고회의 감찰담당관으로 위세를 가졌고, 그 후에도 후광을 입어 여러 사업에 성공하며 인생을 즐겼는데, 곁에 늘 술과 여자가 있었다고 한다.

식도암이 발견된 것은 2년 전 여름이었다. 낙천적이고 자신만만하던 할아버지가 처음으로 상황을 심각하게 받아들이기 시작했다. 나는 할아버지의 건물 주차장에 차를 주차시켜 놓고 다녔기 때문에 아침저녁으로 만나 치료 과정을 물으며 격려와 위로를 해 주었다. 간에 전이가 되어 수술은 못하고 항암치료를 받으셨다. 그 과정에서 다리를 저는 증상이 나타났다. 나를 만나면 "평생 다리가 이렇게 저리면 어떻게 살지?"라고 하셨다. 평생이라는 말에 서로 바라보며 웃었는데, 78세의 고령에 평생이라는 단어보다는 여생이라는 단어가 타당하다는 각자의 생각 때문이었을 것이다.

할아버지께서 말씀하신 평생은 2년이 못가서 끝이 났다. 그러나 2년 동안 할아버지께서 평생 느껴보지 못한 행복감을 경험했다고 한다. 몸이 병들자 주변에 있던 여자들은 하나둘 떠났지만 아내와 자녀들은 정성으로 간호했고, 할아버지는 바깥으로 향하던 마음을 처음으로 가족에게로 돌이켜 가까이 있으면서도 느끼지 못하며 살았던 가족의 존재를 느꼈다. 사랑해야 하는 아내와 자녀들이 있다는 사실을 78세가 되어 알게 되었다. 돈만 벌어다주면 아버지로서 남편으로서 역할을 다한다는 생각으로 살아왔지만 죽음이 임박해서야 가족은 격려하고, 위로하고, 위험으로부터 보호하고, 목숨을 다해 사랑해야 하는 존재라는 것을 알았다. 마지막 2년 동안을 가족과 함께, 특히 아내와 함께 보냈다. 아마도 병들지 않았다면 이 진리를 모르고 죽었을 것이다.

그 2년 동안 하늘에는 아름다운 달과 별들이 있다는 것과 감사해야 할 다른 많은 것이 있음을 알게 되었다. 봄, 여름, 가을, 겨울, 계절의 흐름을 몸소 체험하며 꽃향기를 맡았다. 별을 바라보면서 아내를 사랑하며 짧지만 긴 두 해를 보냈다. 눈에 보이는 세상의 짜릿함에 몸과 마음을 빼앗겨 버린 지나간 세월에 대한 뉘우침이 있었다. 아내와 자녀들, 자연과의 친밀한 사랑을 느끼면서 인생의 참맛을 알았다. 몸은 암으로 고통받고 있었지만 마음은 기쁨으로 가득했다고 한다.

지난 세월 세상이 주는 짜릿함에 마음을 빼앗기지 않고 남편으로서 아버지로서 함께 시간을 보냈다면 할아버지의 인생은 아마도 더 풍성한 기쁨이 있었을 것이다. 그럼에도 불구하고 할아버지는 성공한 인생을 사셨다. 비록 2년의 짧은 시간이었지만 아버지로서 남편으로서의 역할을 충실히 했고, 아내와 자녀들에게 좋은 아버지, 좋은 남편의 이미지를 남겨 주었기 때문이다.

할아버지가 세상을 떠난 후 할머니는 말씀하셨다. 오랜 세월을 함께 살았지만 지난 2년이 정말 너무나 행복했다고……

행복

서너 해 전 그날도 이번 여름처럼 몹시 무덥던 오후였다. 진료를 마친 후 퇴근 준비를 하던 참에 남루한 옷차림에 지친 모습을 한 중년 여인이 간절하게 왕진을 요청하는 사태를 맞이하게 되었다. 이곳에 오기 전 몇 군데 병원에서 거절을 당했던 여인의 목소리는 애원에 가까워서 그만 나는 저녁 약속을 취소하고 그 여인을 따라갈 수밖에 없었다.

도시의 개업의로서, 특히 비뇨기과 의사로서 왕진은 흔한 일은 아니었고 그런 적도 없었다. 택시에서 내려서 좁은 골목길을 돌고 돌아 다 쓰러져 가는 집으로 들어갔다. 말기 암으로 대학병원에 입원했으나 의술로는 더 이상 해줄 것이 없어 퇴원한 중년의 남자가 피골이 상접한 상태로 두려움과 근심이 가득한 눈으로 나를 맞았다. 소변을 보지 못해 요도 카테터(foley:방광 내용액의 배출을 위해 사용되는 고무)를 삽입한 상태로 퇴원했는데, 그것이 막혀 방광에 소변이 차고 힘들어서 의사를 부른 것이었다. 나는 카테터를 갈아 주었다. 암은 전신에 퍼져 있었고 욕창도 심한 편이었다. 살아 있었지만 내가 볼 때 환자의 남은 삶은 얼마 되지 않아 보였다. 아내는 그런 남편을 깊은 애정과 사랑의 눈길로 바라보며 위로했다. 카테터가 막혀 힘들어할 때 이 병원 저 병원 정신없이 찾아다니며 애원을 하다시피 왕진을 청한 것도 남편의 고통을 덜어 주고자 하는 간절한 마음에서였다.

요즘 성격이 맞지 않는다고, 혹은 경제적 이유로 이혼이나 별거, 가출, 정서적 이혼 상태가 한 집 건너 한 집 꼴로 존재하는 판에 그날은 가장 아름다운 모습을 보며 마음 깊숙한 곳에서 울려오는 감동을 느꼈다. 그대로 빠져나오기가 아쉬워 함께 많은 이야기를 나눈 것 같은데 모두 기억나지는 않지만 "보이는 세상은 잠깐이고, 보이지 않지만 실재하는 세상이 있습니다. 그리고 그곳에는 고통과 눈물이 없습니다. 어떠한 상황에서도 소망의 끈을 놓지 말아야 합니다. 힘내십시오."라고 이야기했던 것으로 기억된다. 환자와 아내의 눈이 순간 반짝 빛났고, 두려움과 절망의 표정이 사라진 듯 보였다.

환자의 아내는 한사코 사양하는 나에게 봉투를 내밀더니 주머니에 넣어 주었는데 어려운 형편에 적지 않은 돈이었다. 돌아오는 차 속에

이혼과 불륜과 미움이 가득한 세상에서
마지막까지 자신을 사랑하는 아내가
옆을 지키고 있는 것만으로도 행복한 남자가 아닌가.

서 여러 가지 생각이 스쳐지나갔다. 그 환자는 행복한 사람이란 생각이 들었다. 이혼과 불륜과 미움이 가득한 세상에서 마지막까지 자신을 사랑하는 아내가 옆을 지키고 있는 것만으로도 행복한 남자가 아닌가. 가난 속에서 말기 암으로 죽어가는 남편을 헌신적으로 간호하는 아내, 마지막까지 자신의 모든 것으로 배우자를 사랑하는 광경을 보고 그 아름다움에 가슴에 저려왔다.

이제는 사라져 버린 고향의 나무와 개울과 바람과 별들이 창밖으로 스쳐 지나갔다. 자동차는 산동네를 빠져나와 시내로 들어섰고, 거리는 다시 네온의 불빛과 사람들의 분주함으로 가득했다. 갑자기 다른 세상에 온 느낌이 들었다. 방금 있었던 애절한 기억이 까마득한 옛일처럼 지나갔다.

"그래 나는 가난하지도 않고 건강해. 나는 그곳 사람이 아니야."

나도 모르게 안도의 한숨을 내쉬며 네온 속으로 빠져들어 갔다. 아침에 일어난 나는 알 수 없는 눈물을 흘렸다. 그것이 나의 이기적인 모습에 대한 회개의 눈물이었는지, 다시 세상 속으로 빠져들어 가는 이 연약함 때문이었는지, 이제는 사라진 고향의 그리움 때문이었는지 지금도 알 수가 없다.

휴가

오랜만에 거리는 뻥 뚫렸고 차들은 빠르게 질주한다. 모두들 휴가를 떠난 모양이다.

"원장님은 휴가 안 가세요?"

방문한 환자마다 묻는 말인데 약 타러 오는 날짜를 맞추기 위한 인사치레이기도 하지만 그 속뜻으로 누구나 떠나야 한다는 전제가 깔려 있는 말이기도 하다. 어김없이 더운 여름과 함께 휴가철이 왔다. 사람들의 마음은 자신들의 일상에서 훌쩍 떠나고자 하는 본능으로 분주하다. 일에서 해방되는 유일한 기간인 여름휴가는 생존의 영역에서 벗어나 잠시 한가로울 수 있는 안식의 시간이기도 하다.

설날과 추석 연휴가 있긴 하지만 이때는 집안 식구들이 함께 해야만 하는 의무에서 자유롭지 못하기 때문에 사람들은 모든 것을 잊고 단박에 떠날 수 있는 여름휴가를 손꼽아 기다린다. 다른 직업을 가진 사람들은 자기들이 원하는 때에 휴가를 낼 수 있지만 개업의들은 환자들의 눈치를 봐야 하기 때문에 그렇게 할 수 없다. 토요일에도 근무해야 하는 개업의들은 평생을 정년 없이 무거운 짐을 끌고 가는 멍에를 멘 소와 같이 일한다. 휴가는 이런 무거운 짐에서 해방되는 시간이다. 요즘에 부쩍 줄어든 환자를 기다리는 초조함에서 벗어날 수 있고, 모든 만물이 잠든 고요한 밤에 보고 싶은 책을 마음껏 볼 수 있고, 늦잠을 자도 아무 근심이 없어 좋다. 소란스런 도시를 떠나 반짝이는 별들을 마음껏 볼 수 있는 깊은 산속이나 조용한 바닷가라면 더욱 좋을 것이다.

우리 개업의의 삶이 창조적인 기쁨, 참을 수 없는 그 무슨 충동을 마음껏 발산하는 것이 아니라 그날이 그날 같은 기계적이고 메마른 일상이다 보니 자유와 해방의 추구가 어느 누구보다 강한 것이 사실이다. 의과대학 시절과 수련과정, 군생활의 길고 힘든 준비 기간, 없는 돈에 개업을 준비하고 여러 가지 스트레스와 폐쇄된 진료실에서 하루하루 변화 없는 삶에 지쳐가면서 자신의 존재와 꿈을 잊고 또 그렇게 살고 있는 우리들이다. 생존의 의지와 의사로서 부여된 각종 책임이 다른 직업을 가진 사람들보다 정력의 낭비를 가중시킨다. 은퇴 없는 직업은 은근히 무한 책임을 요구하고 있다.

창밖의 고장 난 신호등은 깜빡거림을 계속하고 있고,
그 옆으로 방울 달린 멍에를 멘 소가 무거운 걸음을 걷고 있다.

모두 휴가를 떠난 도시의 한적함이 좋기 때문에 나는 아직 휴가를 떠나지 않았다. 8월 말에 조용히 떠날 생각이다. 사람들이 떠난 도시는 텅 빈 느낌이고 출퇴근 거리는 뻥 뚫렸다. 지금 도시는 움직이는 것(자동차와 사람)은 없고 정지된 것(도로와 집과 가로수)만이 가득한 풍경이다. 차와 사람들이 떠난 비 오는 도시의 밤은 시멘트와 아스팔트로 가득한 유령이 사는 곳 같다. 오직 신호등만이 자신의 임무를 수행하려 깜빡이고 있지만 횡단보도를 건너는 사람은 없다.

　사람들은 생존을 위해서 도시를 만들어 놓고 생활을 위해서 도시를 떠난다. 사람들은 쉼을 위해 떠난 휴가에서 차와 사람에 치어 지친 몸과 마음을 이끌고 다시 아스팔트와 시멘트 건물로 들어찬 도시로 모여들 것이다. 도시의 삭막함은 움직이는 것들과 네온의 불빛으로 가려져 우리를 다시 마취시키고, 신호등은 또 우리에게 명령하며 간섭할 것이다. 사람들은 멍에를 멘 소처럼 분주히 무거운 발걸음을 계속할 것이다. 힘든 현실을 잊고자 일에 몰두할 테지만 우리의 마음은 여전히 목마르다. 이제 도시를 떠날 수도 없다. 인생은 빈 잔이다. 분주함과 어둠과 소란함으로 채우면 어디에 있으나 행복하지 못할 것이다. 그곳에 빛과 기쁨으로 채우면 소란함과 메마름 가운데서도 목마르지 않을 테고, 어쩌면 기쁨과 행복의 소리를 듣게 될지 모른다.

　창밖의 고장 난 신호등은 깜빡거림을 계속하고 있고, 그 옆으로 방울 달린 멍에를 멘 소가 무거운 걸음을 걷고 있다.

짧은 단상

몹시 더운 오후 막 퇴근 하려는 무렵 어느 중년 여인으로부터 전화가 걸려 왔다.

"이주성 원장님이시죠?"

개업 초기 간호사로 근무한 적이 있는 분이었다. 당시 25세의 처녀였는데 일본에서 일시 귀국해 전화를 걸었단다. 아들은 일본에서 대학에 다니고 있고 남편과 재미있게 살고 있다고 한다. 1년 정도 근무하다가 결혼한다며 사직했던 팝송을 좋아하던 아가씨였다. 환자도 없던 개업 초기에 항상 이어폰을 끼고 팝송을 들으며 노랫말의 의미를 나에게 설명해 주던 발랄한 아가씨였다.

시간이 많이 흘렀다. 그 동안 여러 명의 간호사가 우리 병원에서 근무했다. 대부분 젊은 여자 간호사들은 결혼을 하거나 임신을 하게 되면 그만두었고, 결혼을 한 여자 간호사는 보통 자녀들이 학교에 입학하게 되면 병원을 떠났다. 병원을 사직하고 수녀가 되기도 했고, 신학대학원에 입학해 목회를 하는 친구도 있고, 음악을 전공해 찬양 사역을 하는 사람도 있다. 개업 초 5년 동안 근무한 적이 있는 어느 간호사 가족 모두는 얼마 전 필리핀에 선교사로 파송되어 갔다.

이렇게 많은 간호사가 근무했지만 그 중에서 가장 기억에 남는 사람이 있다. 12년 전, 27살 되는 남자 간호사가 병원을 찾아왔다. 한 달 후에 아내가 출산 예정인데 일하던 병원이 부도가 나서 갑자기 새로운 일자리를 구해야 했다. 그는 우리 병원에서 가장 힘들고 바쁜 시기를 함께 보냈다. 우리 병원에 취업한 후 한 달 만에 낳은 아들은 초등학교 4학년이 되었고, 후에 태어난 둘째는 초등학교 1학년이 되었다. 10년 동안 섭섭한 일도 많았을 텐데 그는 항상 감사하고 늘 기뻐하여 천사를 보는 것 같았다. 그 친구에게 나는 병원을 그만두고 자유롭게 살고 싶다는 얘기를 자주 했던 것 같다. 어느 날 그는 병원을 떠났다. 나중에 편지를 보내왔는데 내가 기억하지 못하는 것까지도 상세히 기록한 10년의 시간들을 마치 영사기를 돌리듯 써내려갔다. 내가 소질도 없는 자신에게 공부를 할 수 있도록 기회를 주려고 애썼던 것, 눈이 많이 내린 날 병원 문을 닫고 산에 가서 함께 사진을 찍고 온 기억, 일주일에 한 번 모여서 삶을 나누던 것, 환자 때문에 겪었던 어려운 일, 병원에서 강아지를 키우던 일, 병원 식구들과 회식했던 일들을 소상히 풀어놨다.

어린 시절이 생각난다. 도시 빈민으로 산동네에서 지내던 초등학교와 중학교 시절이었다. 진돗개 한 마리를 키웠는데 그 당시 우울한 나에게는 둘도 없는 친구였다. 집에 먹을 것이 없을 때는 시장에 가서 생선 머리나 내장을 얻어다가 끓여 주었다. 방학 때는 매일 북한산이나 관악산에 캐리(진돗개 이름)와 함께 올라갔다. 그런데 어느 날부터 캐리에게 피부병이 생겨 털이 다 빠지고 먹는 것도 시원치 않게 되었다. 나는 수의사에게 물어보고 백과사전을 뒤적여 피부병 치료를 위해 최선을 다했다. 하지만 여러 가지 좋다는 것을 먹이며 병세를 고치려고 애써보았으나 차도는 없었다. 갑자기 캐리는 집을 떠났다. 그 볼품없는 개를 누가 가져갈 리 만무했다. 짐작하건대 캐리가 나에게 부담감을 안겨 주지 않기 위해서 집을 나갔을 것이다.

남자 간호사가 더 좋은 직장으로 옮긴 것은 아니었다. 병원의 수입이 줄어드는 상태에서 내게 부담이 되지 않기 위해 떠난 것이리라. 내가 쉽게 병원을 정리하고 은퇴하는 데 걸림돌이 되지 않도록 배려했다고 본다. 내게 그런 마음이 있다는 것을 어떻게 알아챘을까. 그가 그리우면서도 감사했다. 나는 복이 많은 사람이다. 상대방의 마음을 헤아려 주는 가족과 이웃이 있기 때문이다.

어느 목수 이야기

지금 개업 중인 이 병원의 인테리어를 해준 목수 이야기를 할까 한다. 처음 그를 만난 것은 15년 전이다. 환자로 맞이하게 된 그의 선한 얼굴과 예의 바른 모습에 나는 반해버리고 말았다. 나와 동갑내기였지만 목수 일로 단련된 몸과 욕심 없는 마음으로 더 젊어 보였고 자신감에 차 있었다. 병원의 내부 공간을 확장할 일이 있어 부탁했을 때나 그 후 소소한 일을 처리할 것이 있어 부탁했을 때도 그는 기꺼이 도와주었다. 웬만한 일은 돈도 받지 않았다. 수고비를 줄 때에도 너무 많이 받았다며 일부를 돌려주는 사람이었고, 동료 의사들의 병원 인테리어를 도맡아서 할 때도 동일하게 성실하고 거짓 없는 모습을 보여 주었다.

10년 전 이 목수의 아내는 폐암 선고를 받았다. 암세포가 뇌에 전이되어 뇌수술을 받았지만 지금까지 기적적으로 생명을 유지하고 있다. 좌절하거나 포기하지 않고 그저 하루하루 감사하게 사는 이들의 모습은 어느 구도자의 모습을 보는 것 같았다. 아내는 그 몸으로 병원에 호스피스 봉사를 9년째 계속하고 있는데, 아이들은 그런 역경 가운데서도 두 명 모두 대학에 입학하여 쾌활하게 지내고 있다. "삶이 힘들다고 생각하는 사람들은 우리 집에서 하루만 같이 산다면 생각이 바뀔 것입니다."라고 말하는 목수의 표정에는 경제적인 어려움에도 불구하고 항상 웃음이 가득하다.

　9년째 목수의 아내는 병원에 가지 않았는데 이유는 담당 의사가 더 이상 해줄 것이 없다고 말했기 때문이다. 나는 어느 잡지에 실린 이 목수의 가족사진을 오려내 진료실에 붙여놓았다. 병원에 오는 환자 중에 힘든 일을 당한 사람에게 그 사진의 배경을 설명해 주기도 하고, 기쁨에 찬 목수의 가족사진을 보며 나 역시 매일 우울함에서 벗어난다. 이미 자신은 죽었다고 생각하고 하루하루 성실하게 사는 목수와 그의 아내에게서 느껴지는 평화는 지금 세상에서 볼 수 있는 것이 아니라 하늘에서 내려온 것만 같았다. 물질과 그것을 소유하려는 욕망을 따라 분주하게 사는 우리들에게 경종을 울리며 다르게 사는 방법을 깨닫게 해주고 있었다.

　"참 행복해 보입니다."

만날 때마다 이렇게 말을 건네면 그는 웃으면서 대답한다.

"고맙습니다. 현실은 어렵지만 언젠가는 끝이 나겠지요."

목수는 그의 삶이 극적으로 변화되기를 바라기보다는 자신과 아내의 삶이 종국에 가서 평온한 죽음으로 마무리 될 것을 예감하고 있는 듯했다. 그에게 있어 죽음은 무거운 짐을 내려놓는 끝자락이고 새로운 지평 위에선 생명의 또 다른 탄생임을 믿고 있는 것 같았다. 만물의 시작과 끝이 있는 이 보이는 세상 너머 시공간의 경계를 갖지 않는 보이지 않는 세상을 이미 소유한 사람처럼. 그는 이어서 말한다.

"이 세상에서 잘 살아보려고 애써 보았지만 그럴 때마다 만족함이 없었습니다. 아내가 투병을 시작하면서 이 세상에서 잘 살아보려는 것은 포기하고 어떻게 하면 잘 죽을 것인가에 초점을 맞추면서 평화가 찾아 왔습니다."

그의 아내는 지금도 한 달에 열흘은 힘이 없어 누워 있다. 그럴 때마다 '지금이 하늘나라로 갈 시간인가'라는 생각을 하지만, 다시 툭툭 털고 일어나 말기 암 환자들에게 소망을 주는 일을 계속하고 있다.

우리는 수입이 다른 사람보다 적다고 우울해하고, 자녀들이 명문대에 다니지 않는다고 힘들어하고, 다른 사람보다 건강하지 않으면 불행하다고 생각하고, 심지어 동료보다 골프를 잘하지 못 한다고 화를 내기도 한다. 이 세상일에 집착해 산다면 참 행복은 없다. 우리는 언제나 목마르다. 모든 강물이 바다로 흐르나 바다를 전부 채우지 못하

참 행복은 여기저기에서 보이는 대로 얻을 수 있는 것은 아니다.
자기 마음에, 자기가 생각하는 분량 보다 이미 더 크게 감추어 있다.

고, 눈은 보아도 만족함이 없고, 귀는 들어도 차지 않는다. 참 행복은 여기저기에서 보이는 대로 얻을 수 있는 것은 아니다. 자기 마음에, 자기가 생각하는 분량보다 이미 더 크게 감추어 있다.

시원한 바람이 분다. 한 번 지나간 바람이 돌아오지 않듯이 모든 것은 지나가 버린다. 그것에 집착한다고 움켜쥘 수는 없다. 돈과 육체, 고난조차 모두 바람처럼 지나간다. 이 가을에 코스모스 피어 있는 길을 걸을 수 있으면 행복한 것이다. 가을을 재촉하는 비가 내리고 있다. 나무는 이제 낙엽을 떨어뜨리고, 겨울은 준비되고, 또 봄의 부활을 소망할 것이다.

참
사
랑

내가 그 환자를 만난 것은 10년 전이었다. 길거리에서 사람들이 피할 정도로 심한 화상을 당한 환자였는데, 얼굴과 목은 화상으로 변형되었고 손가락과 팔목도 오그라들어 있었다. 오른쪽 중지만을 겨우 사용할 수 있어 그 손가락 하나로 외국 서적을 번역하여 생활했다. 그날은 화상 부위가 가려워서 병원에 왔다. 서울교육대학을 나와 초등학교 교사로 일했는데, 등반 도중에 가스버너가 폭발하는 사고가 일어나 화상을 입었다. 오랫 동안 입원 생활과 수차례의 수술이 이어졌다.

그는 흉터와 장애로 인한 좌절을 잊기 위해 다시 학업에 열중했다. 대학에서 철학과 신학을 공부했다. 나를 만난 것은 신학대학원을 졸업한 후, 자신이 목회(牧會)를 할 외모도 아니고, 교회에 나가도 교인들이 슬금슬금 피하는 것에 갈등을 하고 있을 때였다. 그럴수록 그는 독서와 공부에 매달렸다. 가끔 내게 와서 자신이 읽은 책 목록을 보여 주었다. 신학뿐 아니라 역사, 철학, 경제학 등을 원서로 한 달에 열 권 이상을 읽었다. 논문을 끝마치고 나서도 공부를 계속하겠다는 그를 향해 나는 일반적인 목회가 힘들면 인터넷을 통해 비슷한 어려움에 처한 사람에게 희망을 주는 방법으로 치열한 삶의 현장에 뛰어들 것을 주장했지만 좀처럼 이견을 좁히지 못했다.

그 후 그는 병원 출입을 하지 않았고, 약을 타러 오시는 어머니께 근황을 물어보면 하루 종일 컴퓨터 게임을 하며 지낸다고 했다. 그렇게 공부를 많이 한 사람이 고작 컴퓨터 게임에 몰두하다니. 나는 그의 공부가 어떤 꿈이나 비전이 있어서가 아니라 힘든 현실을 도피하기 위한 수단이었음을 알게 되었다. 아니면 꿈이 실현되지 못한 좌절을 잊기 위해서인지도 모르겠다. 그것도 아니라면 마지막 후원자였고, 끝까지 자신을 믿어 주리라고 기대했던 나에 대한 섭섭함이 그렇게 만들었는지도 모르겠다.

어느 날 근 5년간 컴퓨터 게임만 하며 두문불출하던 그 친구가 예전의 모습이 아니라 훨씬 밝고 힘찬 모습으로 병원을 찾아왔다. 소외감과 외로움에 마음 상해있던 이 친구를 이렇게 밝게 변화시킨 이유가 무엇일까 참으로 궁금했다.

이제 모든 관계에서 외면당했던 55세의 중년 남자가
사랑하는 아내를 맞아 친밀한 관계를 맺으며 살고 있다.
그의 삶에 날마다 기쁨과 평강이 넘치기를 소망한다.

"그 동안 보던 책을 다 처분했습니다. 내가 가장 소중히 여긴 다섯 권을 원장님께 드리러 왔습니다. 그리고 저, 결혼할 것 같아요."

아무도 인정하지 않는, 동료 목회자들에게도 거부당했던 그 친구가 이 세상으로 돌아온 것에 나는 진정으로 축하해 주었다. 포르노 중독에 빠졌던 사람이 그 중독에서 빠져 나오기 위해 포르노 테이프를 버리는 심정으로 책에 중독이 된 이 친구가 책을 버린 것은 자신을 격려하고 위로해 주는 40대 초반의 이혼녀를 만나면서부터였다.

"신앙은 있는 여자인가?"

"다행히 없습니다."

신학을 공부하고, 목사가 되고, 학위까지 받은 사람이 신앙이 없음을 다행스럽게 생각하고 있었다.

"선후배 목회자들과 교인들은 나를 피했지만 그녀는 나와 우리 어머니를 긍휼하게 생각하죠. 물론 지금은 서로 사랑하는 사이가 되었지만."

성경에 기록된 강도를 당한 자를 치료해 준 사마리아 사람이 생각났다. 신앙은 없었지만 종교 지도자들이 피했던 강도를 당한 사람을 정성스럽게 치료해 준 선한 사마리아 사람을 예수님은 칭찬하셨다. 지금 교회에 다니는 사람들이 형식과 교리에 갇혀 자비와 사랑이 없고 빛과 소금의 역할을 다하지 못하는 것이 안타깝다. 소금이 맛을 내려면 다른 사람에게 뿌려져야 되고 자신을 녹여야 하는데 작금의 교인들과 종교 지도자들은 예수님 당시의 바리새인과 서기관들과 무엇이 다르다는 것인가. 성령의 권능을 자신의 이기적인 목적에 적용하려는 많은 사람들을 볼 수 있다. 아무리 천사의 말을 할지라도 긍휼이 없으면 생명감이 없고 병약한 사람을 살리지 못한다.

모든 사람이 외면한 이 남자를 사랑하게 된 힘은 어디에서 나온 것일까. 진정한 사랑의 마음을 주는 남자에게 여자는 자신을 맡긴다. 진정한 사랑을 받지 못했던 거절당한 외로운 여자는 더욱 그렇다.

지난 12월 31일 퇴근 무렵 그는 자신이 번역한 책을 가지고 아내와 함께 병원에 왔다. 스스로 목욕조차 할 수 없었던 남자가 여자의 도움으로 30년 동안 잃어버렸던 삶의 의지를 되찾은 듯했다. 하루에 10시간 이상 책상에 앉아 번역으로 돈을 벌며 가장의 역할을 하고 있었다. 성관계에 대해서도 자세히 물어보았다. 우리는 상상할 수 없는 일이 벌어질 때 흔히 기적이 일어났다고 하는데, 그에게도 기적이 일어났다. 이제 모든 관계에서 외면당했던 55세의 중년 남자가 사랑하는 아내를 맞아 친밀한 관계를 맺으며 살고 있다. 그의 삶에 날마다 기쁨과 평강이 넘치기를 소망한다.

15년 전부터 나의 병원에 전립선비대증으로 약을 타러 오시는 90세 할아버지가 계신데 방문할 때마다 빵이며 사탕 등을 한 보따리 들고서 "술 담배 안 하니 심심할 때 먹으라."고 하신다. 몇 년 전에는 휴가비에 사용하라고 봉투를 주셨다. 그 돈은 쓰지 않고 앨범에 보관하고 있다. 나의 후손들에게 할아버지의 사랑을 전해줄 생각이다.

대기실에 들어오시면 의자에 앉아 기도를 하시고 진료실에 들어와 또 긴 시간 기도를 하신다. 아마도 나와 병원을 위한 기도라 생각되는데, 지금까지 큰 문제없이 병원을 운영한 것은 할아버지의 기도 때문이리라 믿는다. 할아버지는 나병환자셨다. 전염력이 없다는 진단을 받고 1960년대 초에 소록도에서 인천으로 강제 이주되었고, 당시

"빈 손 들고 왔는데 나그네와 안개와 그림자처럼 살다가 빈 손 들고 가야제."
오늘만이라도 이 분주함과 나의 어깨에 지고 있는 모든 무게를 내려놓고
빈 의자에 앉고 싶다.

정부에서 땅을 불하해 주어 정착하게 되었다. 의료보호 환자로 월 30여 만 원의 국가 보조금을 받아 겨우 생계를 꾸리는 형편이지만 얼굴에는 항상 평화와 감사, 기쁨이 넘친다. 그 모습을 볼 때마다 나에게도 그와 같은 행복감이 전염되어 할아버지의 방문을 기다리게 만든다. 내가 재정 상태가 안 좋은 자선 단체를 소개하면 할아버지는 어김없이 그곳에 후원금을 보내시고는 한다. 무슨 돈이 있어 그렇게 하시는지 모르지만, 나는 할아버지를 통해서 '오병이어'의 기적을 경험하게 된다.

주변 사람들에게 베푸는 삶을 살며 가진 돈을 모두 썼지만 그럼에도 불구하고 정작 할아버지의 통장에 있는 2천만 원은 아무리 힘들어도 쓰지 않으신다. 천만 원은 자신의 장례비이고, 나머지 천만 원은 아내의 장례비라고 말씀하시면서 장지는 이미 선산에 준비해 두었노라고 귀띔하신다. 일제 때 소록도에 있는 모든 나병환자들에게 정관수술을 시행했기 때문에 친자식은 없다. 할머니와 두 분이서 소꿉장난 하듯이 사신다. 몸이 편찮으시면 서로를 걱정해 주는 모습이 너무 애절한데, 먼저 죽으면 남은 사람이 너무나 슬퍼할까봐 죽지 못하겠다고 한다.

할아버지 부부는 30년 전 누군가 당신 집의 문 앞에 버린 갓난아이를 자식처럼 키우셨다. 나중에 수소문해서 낳은 부모를 찾아 주었건만 그 아이는 할아버지를 진정한 아버지로 생각하고 있다. 지금은 독일에서 박사학위를 받고 그곳에 취직해 있다. 그 아이가 한국에 잠시 들렀을 때 할아버지와 함께 만나보았다. 이미 훌쩍 커버린 30살 처녀는 남을 배려할 줄 아는 성숙한 여인이 되어 있었다. 그 행동거지가 할아버지를 쏙 빼 닮았다. 누구와 함께 사느냐가 얼마나 중요한가를 새삼 느끼게 되었다. 나도 후손들을 위하여 할아버지처럼 살아야겠다는 결심을 하게 된다. 죽음을 아름답게 준비하면서 버릴 것은 버리는 삶, 그것이 여유로움과 평화, 기쁨의 원천임을 알게 되었다. 나와 가족들의 죽음을 미리 준비하면서 현재를 충실히 살아야겠다는 깨달음을 주셨고, 매년 연말에 유언장을 쓰게 된 계기가 되었다.

우리 병원의 환자 중에는 또 다른 90세의 할아버지가 계시다. 이분도 소록도에서 같은 시기에 인천으로 이주한 분이다. 당시 불하받은 땅값이 오르자 그곳에 건물을 지었다. 집세만 한 달에 수천만 원씩 받는 알부자이지만 더 소유하려는 집착과 아집으로 똘똘 뭉친 할아버지였다. 약도 처방한 대로 가져가는 것이 아니라 미리 목록을 적어 가지고 와서 많이 달라며 고집을 부리시는 분이다. 20년 전 첫 번째 부인은 일찍 세상을 떠났고 지금의 아내와 재혼했는데, 그렇게 행복해 보이지만은 않는다. 10년 전부터 중풍으로 얼굴은 더욱 일그러지고 걸음걸이도 자연스럽지 못하다. 하지만 소유에 대한 집착은 여전해 치켜뜬 눈과 꼭 다문 입술과 꽉 쥔 손에서 세상 것에 대한 집념을 엿볼 수 있다.

비움은 채움의 전제 조건이 된다. 소유하려는 욕망을 내려놓는 순간 기쁨과 평화와 영혼의 자유로움이 깃든다. 동시대에 태어나 비슷한 환경에서 살면서 한 분은 내려놓는 삶을 살았고, 또 다른 한 분은 내려놓지 못해 삶의 무게에 해당하는 무거운 짐을 지며 신음하고 있다. 언젠가 내 이름으로 된 것은 아무것도 소유하지 않기로 결심한 적이 있었다. 그러나 자주 이사를 해야 하는 것에 힘들어하는 아내의 호소에 작은 아파트를 분양받으면서 그 결심은 여지없이 깨져 버리고 말았다. 지금까지 너무 많은 것을 소유하며 살아왔다. 그만큼 마음도 무겁다.

찌는 듯한 더위를 식히는 비 내리는 주말 밤이다. 도시의 네온 속으로 차들은 무엇인가를 얻으려고 무섭게 질주하고, 나도 그 행렬 안에 있음을 발견하게 된다. 얼마 전 병원과 집을 오가며 키운 진돗개를 넓은 정원이 딸린 주택을 가진 친구에게 준 적이 있다. 어렸을 때 진돗개와 함께 지낸 시절이 생각나 어떤 환자에게 부탁하여 얻은 강아지였다. 그 강아지가 자라자 병원과 아파트에서 기르기에는 감당이 안 되었다. 그냥 정원이 있는 단독주택으로 아예 이사하는 것은 어떨까 고민이 많았다. 오랜 궁리 끝에 결국 강아지를 포기하고 정원이 있는 친구에게 주었을 때의 기분이란, 미안함보다는 해방감이 더 컸다. 할아버지의 말씀이 성자의 말씀으로 다가온다.

"빈 손 들고 왔는데 나그네와 안개와 그림자처럼 살다가 빈 손 들고 가야제."

　오늘만이라도 이 분주함과 나의 어깨에 지고 있는 모든 무게를 내려놓고 빈 의자에 앉고 싶다.

빛과 어둠

진료를 하다보면 환자들의 가정환경을 엿보게 된다. 할아버지와 아버지와 아들, 손자에 이르는 가계도의 흐름을 알 수 있다. 가만히 보면 오시는 할아버지의 인격에 따라 그 가계의 흥망성쇠가 달라진다.

병원에 83세의 할아버지가 오신다. 언제나 자신의 병을 스스로 고집스럽게 진단하고 약을 충분히 줄 것을 요구한다. 평소 집에서 필요한 상비약들을 처방해 달라는 것이다. 재산도 넉넉해 그럴 필요가 없음에도 불구하고 누구에게나 인색하다. 항상 따지고 판단하고 비판하면서 살고 있다. 아내는 30년 전에 세상을 떠났다. 큰아들은 20년 동안 정신병원에 있고 작은아들은 교도소에 있다. 지금도 할아버지는 병원과 교도소에 다니며 자식들을 보살피고 있다. 그러면서 교도소에 있는 아들이 아직도 정신을 차리지 못했다고 책망한다. 자신의 방법으로 자녀들을 가르치고 있지만 그것이 자녀들을 학대하고 있는지 꿈에도 몰랐던 것이다. 48세인 아들이 출감해 병원에 들른 적이 있다. 전과가 많은 사람치고 비교적 대화가 되고 심성이 고운 사람이었다. 그로부터 과거의 일들을 전해들을 수 있었다. 자신은 아버지로부터 칭찬을 들어본 적이 없다고 했다. 정신 병원에 있는 형은 공부를 잘했고 자신은 공부를 못해서 항상 아버지로부터 심한 야단을 맞으면서 자랐다고 했다. 아버지로부터 칭찬을 받고 싶어 한동안 열심히 공부한 적도 있었다. 중학교 때 열심히 공부해 바닥이었던 성적을 중간 정도 끌어올렸다. 자랑스럽게 성적표를 아버지에게 보여주었을 때 아버지는 이렇게 말했단다.

"이것도 성적이라고 가져왔냐? 네 위에 30명이나 있다."

그 후에 이 어린 아들은 정말 피나는 노력을 해서 자기 인생에서 다시 받을 수 없는 성적을 받았다. 학급에서 2등을 한 것이다. 이번에는 칭찬을 받을 수 있다는 생각에 흥분하며 성적표를 보여 주었다. 아버지는 성적표를 보더니 이렇게 말했단다.

"너 남의 것 보고 베껴 썼구나."

이때부터 아들은 "안 하면 될 것 아니냐."라며 집을 나가 분노와 폭력으로 점철된 인생을 살았다. 아버지는 교도소에 찾아와 "너 언제

정신 차릴래? 멍청한 놈아." 그랬단다. 아버지는 지금도 아들을 사랑하는 방법을 모르고 있다. 큰 아들도 공부는 잘 했지만 아버지의 집요하고 완고한 성격을 견디지 못하고 우울증에 빠져 20년째 병원 신세를 지고 있다. 어머니 역시 아버지의 과격한 성격 때문에 일찍 돌아가셨다고 그는 믿고 있었다.

또 다른 환자가 있다. 77세인 그분은 주사를 맞고 부작용이 일어나 필자가 당황했을 때도 의사인 나를 끝까지 신뢰해 주었던 분이다. 아내가 몸이 불편할 때는 최선을 다해 간호했다. 자녀들에게 어려움이 닥쳤을 때 물불을 가리지 않고 뛰어다녔는데 마치 전쟁터에 나선 전사와 같이 자신의 몸을 바쳐 자녀들을 구하고자 애쓰셨다. 이제는 나이가 들어 차분히 여생을 보내고 있지만 마음은 늘 아내와 자녀에게 향하고 있었다. 아내와 자녀들에게 그는 어진 왕으로 인정받는다. 그의 자녀들은 건강한 가정을 이루며 행복한 삶을 살고 있다.

무엇보다 큰 인간의 욕구는 자신의 존엄성을 확인하려는 욕구라 할 수 있다. R.C.스트라울은 그의 저서에서 가치 있는 존재이기를 갈망하는 인간의 욕구를 "인정받고 싶어 하는 욕구"로 표현하였다. 이러한 존엄성이 무시당할 때 사람들에게는 상처가 생긴다. 그는 말한다.

"인간의 존엄성은 가정에서 싹튼다. 가족은 모든 대인관계를 배울 수 있는 터전, 즉 처음으로 인격이 다듬어지고 자아상이 형성되는 사회의 기본단위이다. 가정에서 가치를 인정받지 못한 아이는 어느 곳에서든 자신의 가치를 느끼기 힘들다. 자신이 무가치하다고 느낀다면 집 밖에서 만나는 사람을 존엄성 있는 존재로 대하기 어렵다. 왜냐하면 사람은 자신이 경험하거나 소유해보지 못한 것을 다른 사람에게 나누어 줄 수 없기 때문이다. 그러므로 가정은 인간 가치의 요람이다. 가정에서 주의를 기울여 아이들에게 사랑과 존경심을 키워주고 철저히 보호해야 한다."

인간은 다양한 욕구를 지닌 존재로 이 욕구들이 채워지지 않을 때 생의 좌절을 맛보게 된다. 즉 욕구가 충족되지 못하는 데서 부적응이 나타나는 것이다. 대개 욕구 좌절의 요소가 잠재하여 새로운 욕구 좌절이 파생되고 누적되다 보면 어느 사이 부적응된 인간이 되어버리고 만다. 오랫동안 병원 생활을 하다가 보니 이젠 어느 정도 관상을 보게 되었다. 늘 만족하지 못한 채 격려와 칭찬의 말을 입에 담지 못하는 사람들의 얼굴은 납덩이처럼 무겁고 차갑다. 그런 사람의 가정은 어둠 속에 갇혀 있고 참을 수 없는 침묵과 비밀이 많다. 반면에 긍정과 격려와 공감이 있는 사람들의 얼굴은 따뜻하고 활기차다. 이런 가정은 빛 가운데 사는 것과 같은데 개인의 부족함이나 연약함을 서로 인정하고 고백하므로 비밀이 없다.

누구나 사랑받기 위해 태어났고, 그렇게 존재한다. 인정받을 때 사랑받고 있다고 느끼는 것은 당연하다. 이 세상의 모든 어른들이 이 사실을 꼭 명심했으면 한다.

누구나 사랑받기 위해 태어났고, 그렇게 존재한다.
인정받을 때 사랑받고 있다고 느끼는 것은 당연하다.
이 세상의 모든 어른들이 이 사실을 꼭 명심했으면 한다.

내려놓음

오늘 병원으로 출근하다가 접촉사고를 당했다. 골목에서 갑자기 달려 나온 차를 발견하고 급정거를 한 것인데 따라온 차가 멈추지 못하고 충돌한 것이다. 범퍼에 흠집이 났으나 뒤따라온 자동차 운전수는 시간이 없으니 명함을 주고 가겠단다. 골목길에서 나온 차도 얼마나 급한 일이 있으면 주위를 보지 않고 달려 나왔겠는가. 급한 마음에 나의 뒤를 바짝 붙어 온 것이니 그러자고 했다.

나는 명함을 받아 들고 경인 고속도로로 들어섰다. 차들은 일렬로 서서 바삐 달리고 있었다. 앞차가 조금만 늦게 달리면 빵빵대며 추월하니 원하지 않아도 속도를 낼 수밖에 없다. 모든 사람들이 속도에 중독이 되어 있는 듯하다. 도대체 느림을 참지 못한다.

병원에 들어서니 환자들이 나를 보는 시선이 곱지 않았다. 아마도 늦었기 때문일 것이다. 어떤 분은 볼멘소리를 한다. 소득이 많아지고 문명의 이기들인 편리한 물건들이 많아질수록 사람들은 더 바삐 움직인다. 부부가 맞벌이를 해야 살 수 있는 세상이 되었으니 이제 과거의 소박하고 유유자적한 삶은 사라져 버렸다. 더 빠른 기차, 더 빠른 비행기, 더 빠른 인터넷 등 모든 것이 빨라야만 하는 세상이 되어 버렸다. 방향을 잃고 속도만 붙은 욕망의 물건들이 달리고 있다. 쉼과 멈춤과 기다림을 용납하지 않는 무한 질주만이 살 길인 양 말이다.

여유를 가지고 사는 옛사람들의 낭만은 학교에서, 가정에서, 사회에서도 이제 용납되지 않는다. 태어나면서부터 타의에 의해 학습을 강요당하고 입학과 졸업, 결혼과 출산 또 자녀 양육의 의무를 물려받는다. 인생의 굴레를 벗어나지 못한 채 그렇게 바삐 굴러가는 것이다. 집을 장만하기 위해서 10여 년을 흘려보내야 한다. 자녀들을 출가시키고 나면 시력은 떨어져 앞이 잘 안 보이게 되고 혈압과 당뇨가 나타나 쉽게 피로에 지치게 된다. 그래도 바쁜 것에 중독 된 우리들은 무언가 하지 않으면 불안하다. 나의 존재에 대한 조용한 묵상과 대면의 시간을 두려워한다. 자녀와 아내와 남편과 섞는 친밀한 대화가 두렵다. 나를 잊고 사는 것, 나로부터 도피하는 것이 편하다. 그래서 쉬는 날이면 운동 약속이라도 해야 하고, 끊임없이 지껄여야 하고, 누군가 만나야 하고, 그러면서 늙어간다.

기다림은 절망을 이기는 방법이고 희망을 품는 자세다.
신호등의 불빛이 바뀌는 것조차 기다리지 못하고 경적을 울리며
안달복달하는 우리에게 기다릴 줄 아는 미덕은 사라진 지 오래다.

1952년, 아일랜드의 극작가 사무엘 베케트는 47세의 나이로 「고도를 기다리며」를 완성했다. 2차 세계대전 가운데 나치를 피해 남프랑스 보클뤼즈의 농가에 숨어 전쟁이 끝나기를 기다리던 자신의 경험을 보편적 기다림으로 승화시킨 작품이다. 극은 블라디미르와 에스트라공이라는 두 늙은 방랑자가 '고도'라는 사람을 기다리는 것으로 시작하여 그 기다림으로 끝난다.

　기다림은 절망을 이기는 방법이고 희망을 품는 자세다. 기다려야 숙성될 수 있고 기다려야 무언가를 얻을 수 있다. 신호등의 불빛이 바뀌는 것조차 기다리지 못하고 경적을 울리며 안달복달하는 우리에게 기다릴 줄 아는 미덕은 사라진 지 오래다. 이 시대 사람들은 더 많은 것을 얻으려고 끝없이 노력하면서 더 적은 것에 만족하는 법을 배우지 않는다. 이 육신은 조만간에 땅에 묻혀 썩고 말 것인데, 남에게 지지 않기 위해 좀이 파먹고 녹이 슬며 도둑이 들어와서 훔쳐갈 재물을 모으느라 정신없이 달려간다. 그 재물을 움켜쥔 채 사치와 방탕으로 몸을 더 피곤하게 하고 영혼을 병들게 하다가 땅으로 들어간다. 남들과 비교하지 않고 소박한 삶을 생각한다면 그렇게 바쁘게 살지 않아도 된다. 문명의 덫에 걸려 신음하는 것이 아니라 문명과의 싸움을 시작해야 한다. 세상의 큰 조류 속에 휩쓸려 자신을 잃어버리고 사는 것이 아니라 그 흐름에서 벗어나서 자신만의 인생을 개척하는 용기가 필요하다.

금년 여름휴가 때 병원 내부를 수리했다. 병원 내부가 낡기도 했지만 대기실이 좁아 환자가 몰리는 시간에는 앉을 자리가 없어서 대기실을 늘렸다. 그리고 병원 내부에 있던 것들 중에 필요 없는 물건을 죄다 내다버렸다. 제일 먼저 장식용으로 꽂아놓았던 원서들과 의학 잡지를 포함해 보지 않는 모든 책을 버렸다. 파지를 가지러 오시는 할머니가 손수레로 하루 종일 날랐으니 꽤 많은 양이었던 셈이다. 버리고 나니 무거운 짐을 내려놓을 때의 상쾌함이 있었다. 집에 와서 입지 않는 옷들과 구두, 그리고 창고에 있던 사용하지 않는 스키 장비와 테니스 라켓, 옷장과 신발장과 창고를 정리했다.

꼭 필요한 것만 남기고 그 나머지를 버린다면 아마 소유할 물건은 몇 개 안 될 것이다. 자가용도 필요 없다. 웬만한 거리는 걸어다니거나 자전거 혹은 지하철을 타면 되고 급하면 택시를 타면 된다. 집도 전세를 얻어 교외에 작은 곳을 마련해 머물면서 2년에 한 번씩 살 만한 곳으로 이사하면 될 것이다. 아내와 두 딸이 나의 마음에 동조해준다면 이 모든 것을 훌훌 털고 살고 싶다. 무엇을 먹을까 무엇을 입을까 생각하지 않으려면 일용할 양식과 옷 한 벌로 만족하게 사는 단순한 생활로 돌아가야 한다.

9년 전 옆에서 개업 중이던 선배가 환갑을 지낸 후 바로 몽골로 갔다. 잘 운영되던 병원도 과감히 접고 떠난 것이다. 선배는 결연을 맺은 그곳 병원에서 8년째 무료 진료를 하고 계신다. 몽골에서의 한 달

생활비는 아주 호화롭게 살아도 150만 원을 넘지 않는다고 한다. 자녀들이 독립했다면 누구나 할 수 있는 일이다. 미래에 대한 염려와 더 소유하려는 마음 때문에 행복한 삶을 발견하지 못할 뿐이다. 몽골에 갈 때마다 뵙는 선배님의 얼굴은 평화 그 자체였다. 일주일에 두 번 양로원을 찾아 노인들을 목욕시키고 환자를 돌보며 바쁘게 지내지만 시간을 내서 몽골의 초원을 자동차로 달리거나 자전거로 달리며 자유를 만끽하는 것을 잊지 않는다.

"이번 여름에는 자전거를 타고 함께 여행이나 가지."

자전거를 타고 초원을 가로질러 하루 8시간 이상, 10일 동안 가야 하는 여행이다. 목적지에는 남한만한 크기의 호수가 있는데 그곳에 가려면 중간 중간 식사를 만들어 먹어야 한다. 텐트를 치고 노숙을 해야 하고 늑대의 울음소리를 들으며 자야 한다.

"평화를 얻으려면 자신을 내려놓아야 해."

선배의 음성이 내 영혼을 깨운다.

가족

나는 행복한 사람

딸에게 보내는 편지

러브스토리

주례사

바보 온달과 평강공주

아버지학교

정서적 이혼

아버지의 뒷모습

기러기 아빠

원조교제

나는 행복한 사람

아내는 오늘도 병원에 갖고 갈 도시락을 싸느라 분주하다. 추운 겨울이나 더운 여름을 제외하고 늘 점심 도시락을 만들어 준다. 점심 시간에 산악자전거를 타고 근처 산에 올라 내가 만들어 놓은 조용한 곳을 물색한다. 봄에는 싱그러운 나뭇잎과 꽃과 다람쥐와 새 소리와 함께, 또 비가 내린 다음날은 흐르는 계곡의 물소리를 들으며, 가을 에는 여러 가지 색깔로 변한 나뭇잎과 높고 파란 하늘 아래서 도시락 을 먹는다. 밥을 먹으며 나는 세상 어디든 간 곳 없이 사라진다. 도시 락을 준비한 아내의 사랑을 느끼며, 평화가 나를 감싼다.

1시부터 2시 반까지 점심시간인데 오가는 시간을 빼면 산에서 보내 는 시간이 40분 정도 된다. 내가 만든 산 속의 자리는 사람이 다니지 않고 큰 나무들로 둘러싸여 있어 이곳이 설악산인지 지리산인지 모를 정도로 깊고 조용하다. 그곳에서 분주함과 염려를 내려놓고 나 자신의 지나간 삶을 돌이켜 보고 현재와 미래의 삶을 바라본다. 감사해야 할 일들을 생각해본다. 사랑스런 아내와 자녀가 모두 건강하고 먹을 것과 입을 것과 잠자리가 있어 감사하다.

도시락의 내용은 매일 바뀌는데 오늘은 텃밭에서 직접 가꾼 상추와 쑥갓, 쌈장 그리고 김치와 밥, 후식으로 사과와 토마토, 차까지 포장되어 있다. 나는 매일 소풍을 떠나는 기분으로 출근을 한다. 비가 오면 도시락을 진료실에서 먹어야 하기 때문에 나는 365일 비가 오지 않았으면 한다.

수년 전부터 병원에 환자가 줄고 힘들어할 때 아내는 "가벼운 마음으로 소풍가듯이 출근하세요." 하고 격려해 주었다. 그 후 도서관 가듯이, 소풍가듯이 출근을 한다. 병원에서 책을 보다가 환자가 오면 진료를 하고 또 책을 보다가 점심시간이 되면 산으로 올라간다. 아이들이 어느 정도 자라서 양육의 큰 짐을 벗어 이제는 생존을 위해 출근하지 않는다.

어제는 오랜만에 전국 의사 테니스 시합에 출전했다. 1993년에 출전하고 이번에 출전했으니 15년 만에 참가한 것이다. 이번에도 계획에 없었던 것인데 같은 아파트에 사시는 선생님께서 함께 나가자고 해서 참가 신청을 하게 되었다. 1993년까지는 테니스, 수영, 마라톤,

그곳에서 분주함과 염려를 내려놓고
나 자신의 지나간 삶을 돌이켜 보고 현재와 미래의 삶을 바라본다.

철인3종경기 등 전국에서 개최되는 시합은 대부분 참가했고, 그 시합에 대비하기 위해 계획을 세워 훈련을 열심히 했다. 주말은 혼자 운동에 열중하느라 아내와 아이들과 함께 할 시간이 거의 없었다.

우리나라의 남성 문화는 여러 형태를 보인다. 1년에 29억 병의 술을 마시는 음주 문화, 1년에 27조원에 달하는 성매매, 그보다 많은 불륜과 섹스 문화, 그리고 취미 삼아 혼자 즐기는 레저 활동이 대표적이다. 이것들이 얼마나 아내와 자녀들을 힘들게 하는지 아버지들은 잘 모른다. 가정을 병들게 하는 원인이 되고 있는데, 특히 레저 문화에 대해서는 심각하게 생각하지 않는다. 남편이 건강해야 가정을 책임질 수 있다고 항변하며 자기만의 시간을 갖는 것을 당연시한다. 나는 과거에 운동을 하고 밤늦게 들어오면 하루 종일 집에서 책을 읽거나 청소를 하고 있는 아내를 발견한다. 아무 말 없이 밥을 차려 주거나 오늘 하루 재미있었냐고 물어본 후 하던 일을 계속한다. 밥을 먹고 샤워를 하고는 곯아 떨어져 자는 것이 과거의 나의 주말 풍경이었다. 아이들과도 함께하는 시간을 낼 수 없었기 때문에 각자 자기들끼리 시간을 보냈다. 10년 전 이혼하자는 말이 나올 정도로 가정에 위기가 찾아왔다. 아이들과 아내의 건강도 좋지 않게 되었고 정서적으로도 안정되지 못했다. 갈등과 방황 속에서 아내와 자녀들이 간절히 바라는 것이 무엇인지를 알게 되었는데 그것은 그들과 함께 하며 그들의 소리를 들어 주는 것이었다. 그 후에는 운동을 하되 가족과 함께 했고, 아이들이 원하는 것을 위해 나는 운동하는 시간을 최대한 줄여나갔다. 시간이 지나면서 아내와 아이들의 건강은 다시 회복되어 갔다. 정서적으로 안정되어 아내와 아이들의 얼굴에는 생기가 돌고 기쁨이 넘치는 것을 볼 수 있었다.

그즈음 중학교 1학년이었던 작은 아이가 학교에서 쓴 글짓기 제목이 「우리 아빠 변했다」였다. 누가 가르쳐 준 것도 아닌데 어린 딸의 눈에 비친 아빠의 작은 변화에 아이들은 감격하며 자랑스러워했던 것이었다. 정서적으로 불안하고 산만한 편이었던 작은 아이는 그 후 친구 관계가 원만해지고 매사에 적극적인 사람으로 변했다. 정서적으로 안정되면서 집중력이 생기고 공부도 잘 하게 되었고, 지금도 비전을 가지고 꾸준히 노력하는 진취적이고 명랑한 사람이 되었다. 아이들에게 아버지의 삶의 태도와 관심, 인정과 사랑이 얼마나 중요한지 알게 되었다. 아버지는 아이들의 삶에 지표가 되어야 하고 원천이 되어야 하며 소망이 되어야 한다. 경제적으로 어렵게 자랐던 나는 돈만 벌어다주면 아버지와 남편의 역할을 다하는 줄 알았다.

15년 만에 출전한 전국 의사 대회에서 나와 파트너는 둘의 나이를 합쳐 123세인 늙은 팀이었다. 아내가 옆에서 지켜주어 젊은 선생님들을 5차전까지 이기고 준결승까지 진출했지만 체력의 한계를 극복하지 못하고 지고 말았다. 오랜만에 시합에 나온 것이지만 혼자가 아니라 아내와 함께였다. 아버지는 아버지가 있어야 할 자리에 있어야 하고, 남편은 아내가 원하는 것을 들어줄 때 역할을 다하는 것이다. 우리 주변의 술과 섹스와 레저 문화의 공기가 우리 가정을 얼마나 병들게 하는지 알아야 한다. 가정의 달인 5월에는 특별히 아내와 자녀들에게 사랑의 편지를 써야겠다.

딸에게 보내는 편지

다음 주 우리 곁을 떠나 미국에 공부하러 가는 너를 생각한다. 참으로 바르게 자라주어 고맙게 생각한다. 전에도 뉴질랜드에서 어학연수로 2개월, 하와이에서 제자 훈련으로 8개월, 중국에서 교환 학생으로 7개월 동안 우리 곁을 떠나 있었지만 그때와 지금은 다른 느낌이다. 그때는 공부하고 돌아온다는 확신이 있었지만, 지금은 그렇게 단기간의 유학이 아니란 느낌이 든다.

미국의 명문대학에서 박사 과정을 등록금 전액과 생활비까지 받는 조건으로 가는 네가 자랑스럽다. 중문학에서 도시계획으로 전공을 바꾸고, 도시 빈민과 후진국의 도시계획에 관심을 갖고 있는 너의 비전이 계속해서 이루어지길 기도한다. "열심히 사시는 아버지가 자랑스럽다.”고 말하지만 나는 너에게 사과할 일이 많다. 좋은 아버지가 어떤 아버지인 줄 몰랐을 때 나는 운동에 미쳐 너와 함께 보낸 시간이 없었다.

아버지가 가난 속에서 공부했기 때문에 돈만 벌어다주면 아버지 역할을 다하는 줄 알았지. 주말이면 운동 시합에 나가서 너와 함께 하지 못했고 시합에 지고 와서는 기분이 상해 있을 때 너는 아버지를 피해 네 방으로 들어가곤 했지. 중학교 3학년까지 그랬으니 얼마나 상처가 많았겠니.

그런 상황 속에서 엄마의 사랑과 위로를 받고 명랑하고 지혜롭게 자라주어서 고맙다. 네가 고등학교에 다닐 때 너의 학교 선생님들과 테니스 경기를 같이 한 적이 있다. 모든 선생님들이 너를 칭찬하더구나. 반장으로서 책임을 다하고 있고 지혜롭고 총명하다고. 나는 좋은 아버지가 되려고 애쓰고 있다. 청년들에게 결혼관에 대해서, 부부들에게는 가정과 성에 대해서 강의하고 다니지만 여전히 부족하다. 강의를 듣는 사람들에게 걸림돌이 되지 않기를 바라는 마음뿐이다.

학생 신분으로 많이 바쁠텐데도 너는 나와 엄마와 동생과 함께 하는 시간을 의도적으로 많이 만들었다. 내가 하지 못했고, 내가 해야할 일을 큰 딸인 네가 준비한 걸 안다. 3년 전 중국여행을 직접 준비하면서, 우리를 기쁘게 하려고 애쓰는 너의 모습을 생각하면 지금도 눈물이 난다. 특히 지난 달 네가 계획한 북해도 가족 여행으로 우리는 너무 행복했다. 4박 5일의 하루하루 일정을 빽빽이 적은 일정표를 각자에게 주고 안내를 하며 부모님을 편하게 모시려고 애쓰는 너의 모습에 가슴이 찡했다. 아마도 여행을 위해서 여러 날을 준비하고, 또 여러 날 기도한 것 같더구나. 일본어와 중국어를 잘하는 네가 아니었다면 가족만의 오붓한 여행은 처음부터 힘들었겠지. 북해도 곳곳의 오염되지 않은 산과 바다와 호수와 바람과 별들, 특히 후라노(富良野) 근처의 펜션에서 맞은 밤은 잊을 수가 없다. 늦가을 바람이 시원하게 불어오는 밤에 반짝이는 별은 내가 어렸을 때 보았던 바로 그 깨끗한 밤하늘의 초롱초롱한 별천지였다. 오랫동안 별들을 서서 보다가 땅에 누워서 한참을 바라보았다. 방에 들어와서도 창문을 열어 놓았고, 또 별을 보다가 잠이 들었지.

여전히 별들은 오염이 없는 곳에서 이렇듯 아름답게 반짝이듯이 세상이 어지럽고 혼란한 것 같아도 우리 마음의 욕망과 교만의 찌꺼기들을 버리고 나면 인생은 아름답고 살 만한 가치가 있단다. 별이 빛나는 것처럼 너의 인생도 반짝이며 빛나길 소망한다. 이제 너를 우리로부터 떠나보내 너를 사랑하는 남편에게 맡기려 한다. 이 마지막을 너에게 깊은 사랑으로 표현하고 싶구나.

사랑을 받아 본 사람만이 사랑을 줄 수 있다는 말에 전적으로 공감한다. 나도 네가 사랑을 많이 받고 자란 남자와 만나서 결혼했으면 한다. 사랑을 받고 자란 사람만이 상처가 없고, 그늘이 없고, 수치심

나는 하나님 아버지의 자녀이며 나의 딸인 너를 믿는다.
그리고 지금까지 너를 선하게 인도하신 하나님 아버지를 신뢰한다.
잘 가고 몸조심 하여라. 사랑하고 축복한다.

이나 열등감이 없어 사는 동안 시간 낭비하지 않고 받았던 사랑대로 너에게, 또 자녀들에게, 이웃에게 자연스럽게 흘려보낼 수 있기 때문이다. 그렇게 가정에서 사랑을 받지는 못했더라도 최소한 하나님의 사랑을 받아 은총이 있는 가운데 사는 남자이면 좋겠다. 이제 너도 부모를 떠나 둘이 하나 되라는 말씀을 생각하며 준비를 하리라 생각된다. 보통 부모들은 자녀들에게 삶의 방법과 방향을 얘기해 주지만 나는 너의 생각의 깊이와 사고의 방향이 얼마나 깊고 올바른지 놀라고 있다.

행복은 이미 우리 곁에 와 있는데 우리의 욕망 때문에 그것을 느끼지 못해 불행해 한다는 네 말은 너를 떠나보내도 안심이 되게 한다. 그리고 행복은 순간순간 느끼는 감정이지 어떤 개념이 아니다, 라는 생각도 나를 놀라게 했지. 우리가 너무 욕망에 사로잡히거나 또 너무 절망한다면 하나님께서 우리에게 주시고자 하는 자유와 평강의 행복감을 느낄 수 없다. 미국에서 힘든 일정이 너를 기다리고 있을 것이다. 지금까지 했듯이 주변 사람들과 교제를 잘하고, 항상 칭찬받도록하고, 교수님들이 원하는 것들을 최대한 도와드려라. 그리고 너의 신랑감을 찾는 데 신경을 써라. 여자의 매력을 가꾸는 데도 소홀하지 말고. 나는 하나님 아버지의 자녀이며 나의 딸인 너를 믿는다. 그리고 지금까지 너를 선하게 인도하신 하나님 아버지를 신뢰한다. 잘 가고 몸조심 하여라. 사랑하고 축복한다.

러브 스토리

저녁 무렵 갑자기 오래 전 필자가 신장 암으로 진단한 25세의 젊은 처녀와 그녀와 사귀던 28세의 젊은이가 생각난다. 신장 암 말기로 진단을 받은 다음 대학병원에서 앞으로 연인의 삶이 얼마 남지 않았다는 말을 들은 남자는 직장을 휴직하고 사랑하는 여자와 함께 시간을 보냈다. 그녀가 여행을 원하면 여행을 다녔고, 그녀가 먹고 싶은 것이 있다면 같이 먹고, 그녀가 입고 싶어 하는 것이 있으면 그 옷을 사 주었다. 6개월 후, 임종을 앞둔 그녀의 육체가 많이 마르고 가쁜 숨을 내쉬며 누워 있을 때에도 그는 그 곁을 지키며 생명이 꺼져가는 마른 손을 놓지 않았다. 영화의 줄거리가 아니라 필자가 경험한 실제 이야기다.

70년 대 초에 개봉한 영화 〈러브스토리〉를 다시 보는데 영화 전편에 흐르는 순수함과 순결함의 아름다움, 자신의 마음과 시간과 생명까지도 아낌없이 주는 아름다운 사랑 이야기를 요즘같이 분주하고 메마르고 계산적으로 사는 사람들은 어떻게 받아들일까 궁금해졌다. 어제는 장성한 두 딸을 둔 동료 의사에게서 세상 이야기를 듣게 되었다. 결혼 정보회사를 통해 자신의 큰 딸을 시집보내려 했는데, 사법고시에 합격한 남자 측 부모가 결혼 조건으로 10억 정도를 줄 수 있겠느냐고 물어왔고, 어떤 치과의사의 부모는 자기 아들과 결혼 조건으로 무엇 무엇을 요구했다고 한다. 자신은 벌어놓은 돈도 없고, 만약에 있더라도 그렇게 하고 싶지 않았지만, 그러한 현실에 그저 기가 막히더란 이야기를 하며 한숨지을 때 따라서 한숨을 쉬게 된 것은 나도 비슷한 나이의 두 딸을 두었기 때문이다. 세상이 너무 재미없게 느껴진다.

행복한 결혼, 행복한 가정을 만들기 위해서는 부모로부터 받은 잘못된 영향력, 문화적 유산으로 물려받은 부정적 영향력으로부터 멀리 떠나는 지혜가 필요하다. 경제적으로 독립하는 것 역시 필요하다. 그리고 남자와 여자의 생리적, 정서적 차이를 공부하는 것이 필요하다. 진정한 연합은 온전하게 떠남을 이룬, 다시 말하면 완전한 독립을 이룬 인격체 사이에서 가능한 일이다. 부모를 떠나 만남을 통해 자신과 비전을 함께 공유할 사람을 고르고, 남녀의 차이를 배우고,

서로를 인정하며 갈등을 극복하는 것이 행복의 첫걸음이다. 결혼은 개인의 삶과 연합된 삶의 조화를 추구해야 한다. 부모를 잘 떠나면 떠날수록 연합이 잘 이루어지며, 연합이 잘 이루어질수록 건강한 한 몸을 이루게 될 것이다. 건강한 연합은 배우자의 모습을 있는 그대로 인정하고 그 모습으로 상대를 섬기는 데 있다.

라이너 마리아 릴케는 "아무리 가까운 사람 사이에도 무한한 거리가 존재한다는 것을 인정하고 상대방을 넓은 하늘을 배경으로 하여 있는 그대로 바라보며 두 사람 사이의 거리를 사랑할 수만 있다면 두 사람은 더불어 놀라운 삶을 살아갈 것이다."라고 말했다. 부모 입장에서는 자녀를 결혼 전까지 잘 양육해서 떠나보내야 하는 것이 당연하다. 결혼 조건을 내세우고 결혼 후에도 간섭하려 든다면 자녀들이 행복한 가정을 이룰 수 없다. 항구에 정박한 배를 멀리 보내려면 기름을 가득 실은 후에 닻을 끊어 보내야 한다. 독수리를 잡아매어 두면 멀리 날 수 없다.

조금씩 비가 내리기 시작한다. 가을비가 내리고 나면 먹구름도 사라지고 시원한 바람이 불어올 것이고 우울했던 내 마음도 한결 가벼워질 것이다.

주례사

먼저 박 ○○군과 류 ○○양의 결혼을 축하하고 축복합니다. 이 순간 이후의 모든 삶을 축복합니다. 문제가 있는 많은 부부들을 상담하다가 느끼게 된 행복한 가정을 이루는데 반드시 필요한 것이 두 가지가 있습니다. 한 달 전에 박○○군과 류○○양을 만나서 당부한 것을 다시 강조합니다.

첫 번째는 부모를 떠나는 것이고, 두 번째는 둘이 하나 되는 것입니다. 많은 부부들이 결혼한 후에도 부모를 떠나지 못해서 문제가 생깁니다. 경제적, 정서적으로 부모를 떠나는 것입니다. 경제적으로는 부모를 의지해서도 안 되고 또 부담을 가져서도 안 됩니다. 결혼하면 어떻게 해서든 부부가 한 마음으로 독립해서 살아야 합니다. 또 정서적으로 떠나야 합니다. 부모님의 사랑을 고이 간직한 채 떠나야 합니다. 부모님 쪽에서는 자녀를 떠나보낼 수 있어야 합니다. 항구에 정박한 배가 항해할 수 있도록 기름을 가득 채워서 바다 멀리 보낼 수 있어야 합니다. 부모님의 역할은 잘 떠날 수 있도록 잘 양육하는 것입니다. 내가 어떻게 키운 딸인데, 아들인데 하면서 붙들고 간섭하려 든다면 결혼한 새 가정이 병든다는 것을 알아야 합니다.

부모를 경제적으로 정서적으로 떠난 다음 둘이 하나 되어야 행복한 가정이 됩니다. 오늘 이 시간 이후 두 사람은 연애할 때와 다른 모습들을 발견할 것입니다. 타고난 기질의 차이, 성장 배경이 다르기 때문에 습관의 차이가 있습니다. 잠자는 습관에는 일찍 자고 일찍 일어나는 사람과 늦게 자고 늦게 일어나는 사람이 있습니다. 음식을 먹는 습관에는 맵고 짜게 먹는 사람과 싱겁게 먹는 사람이 있습니다. 또 지방에 따라 동일한 음식이라고 하더라도 만들어 먹는 차이가 있습니다.

본질적으로도 남녀 간의 차이가 있습니다. 남편은 칭찬을 듣고 싶어 하는 경향이 있고, 아내는 상대방의 배려를 원하는 경향이 있습니다. 남녀의 성(性)적 차이 또한 현격한데 이 모든 것이 생소하게 느껴지고, 다르게 느껴지는 것들입니다. 결혼이란 곧 이런 차이를 발견하는 것을 의미합니다. 차이를 느끼게 되는 것은 당연합니다.

둘이 하나 된다는 것은 배우자를 위해서 자신이 죽어야 한다는 것

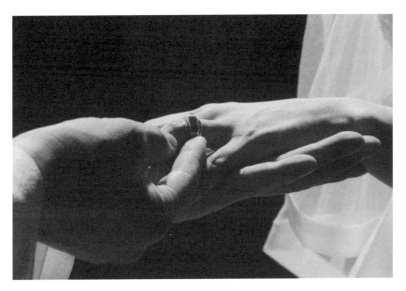

사랑은 자신의 전부를 배우자에게 주는 것입니다.
배우자를 위해 죽는 것입니다.
자신을 십자가에 못 박는 것입니다.

입니다. 자신의 몸과 마음으로 배우자를 섬기고 모든 것을 주어야 합니다. 자기 것을 자기 것이라 주장하지 말아야 합니다. 부부싸움은 자기 자신을 주장하면서 생깁니다. 가장 가까운 이웃인 아내와 남편을 사랑해야 합니다. 이것이 이웃 사랑의 실천입니다. 매일 부부가 싸우면서 이웃 사랑을 얘기하는 것은 앞뒤가 안 맞는 얘기입니다.

결혼하게 되면 자녀를 두게 됩니다. 자녀는 부모의 소유물이 아니라 창조주께서 양육하라고 위탁한 사랑받기 위해 태어난 생명입니다. 부모의 사랑을 듬뿍 받고 자랄 수 있도록 최선을 다해 인정하고 격려하며 양육하십시오. 그리고 다 자란 후에는 또 떠나보내고 간섭하지 마십시오. 이렇게 살다보면 어느덧 세월은 가고 중년을 지나 노년기에 접어들 것입니다. 인생은 나그네의 삶이고 바람에 흔들리는 들풀과 같습니다. 지구의 나이와 함께 생물학적인 시간도 빠르게 지나갑니다. 서로 사랑하고 살기에도 짧은 시간입니다. 이런 귀한 부부의 삶에서 서로 다투지 말고, 만약 다투는 일이 있더라도 해 지기 전에 화해하십시오.

짧은 행간 아래 다 말할 순 없지만, 진정 당부하고 싶은 것은 서로 사랑하라는 것입니다. 사랑은 자신의 전부를 배우자에게 주는 것입니다. 배우자를 위해 죽는 것입니다. 자신을 십자가에 못 박는 것입니다. 그렇게 계속할 때 상대방이 감동하게 됩니다. 그렇게 하겠습니까.

그렇듯 두 부부가 잘 사는 길만이 부모에게 효도하는 것이고, 애국

하는 것이고, 후손들에게 가장 큰 유산을 물려주는 것입니다. 자녀 교육은 따로 없습니다. 부부가 재미있게 사는 모습을 보여 주면 아이들은 인생을 긍정적으로 보게 될 것입니다. 정서적으로 안정되고 그러면 집중력 있고 창의력 있게 살게 될 것입니다. 아무쪼록 행복하게 살아서 이 가정을 통해서 사랑이 흘러나가고 모든 사람에게 도전이 되는, 그와 같은 축복의 통로가 되기를 기도하겠습니다.

다시 한 번 두 분을 축복합니다. 잘 사십시오. 두 분을 위해 기도하겠습니다.

좋으신 하나님 아버지, 당신의 자녀 박○○군과 류○○양을 축복해 주시옵소서. 지금까지 여러 어려움 가운데 함께 하셨던 것처럼 앞으로 항상 함께 하셔서 지켜 주시고, 축복하여 주시옵소서. 자녀를 주시고, 그 자녀를 또한 축복하여 주시옵소서. 주님께서 우리를 위해 죽으셨던 것처럼 이 두 사람이 서로를 위해 죽을 수 있게 믿음 주시고 용기를 주시옵소서. 일용할 양식을 허락하시고, 세상에서 살되 세상에 속하지 않도록 도와주옵소서. 예수님 이름으로 축복하며 기도드립니다.

바보 온달과 평강공주

『삼국사기』에 나오는 바보 온달과 평강공주의 이야기는 바보인 온달이 평강공주의 내조로 고구려 장수가 되어 훌륭하게 살아간다는 사실에 근거한 기록이다. 삼국시대나 지금이나 남자는 여자 하기 나름인 것 같다. 아내를 돕는 배필이라고 하면 여자들은 기분 나쁘게 받아들이는데, 어떤 의미에서 모든 남자들은 어수룩하고 바보 같은 면이 있기 때문에 도와주지 않으면 아무것도 할 수 없다는 뜻이기도 하다.

1961년 신영균과 김지미가 주연한 영화를 만들었다. 어려서부터 울기를 잘하던 공주를 달래기 위해 왕은 곧잘 다음에 크면 바보 온달에게 시집을 보내버리겠다고 말했다. 그 후 공주는 정말로 산속 바보 온달을 찾아가서 부부가 된다. 공주는 지성으로 온달에게 글도 가르치고 무예도 가르쳤다. 그리하여 마침내는 바보 온달로 하여금 변방에 쳐들어온 여진족을 무찌르게 한다는 내용이다. 공주는 온달에게 "당신은 바보가 아니다. 무엇이든지 할 수 있다."라고 격려한다. 아무리 실수해도 나무라지 않는다. 남자들은 별것 아니다. 칭찬과 격려를 해주면 없던 힘도 나오는 것이 남자다.

얼마 전 15년 동안 별거하다가 다시 합친 부부를 만났다. 남편은 아내가 너무 자신만의 원칙을 내세우고 몰아붙이기를 좋아해 싫증이 난 나머지 직장에 사표를 내고 미국으로 도망갔다고 한다. 15년 동안 혼자 살기가 힘들었지만, 그 강한 아내에게는 돌아오고 싶지 않았다고 한다. 대학에 입학한 딸이 아빠가 보고 싶다고 해서 돌아왔는데, 그동안 아내가 좋은 아내가 되기 위한 공부를 많이 해서 부드러운 여자로 변해 있었다고 한다.

아내가 주도권을 잡고 살아가는 가정의 자녀들은 결혼해서 행복한 가정을 이루기 힘들다. 특히 딸은 엄마가 했던 대로 남편에게 할 터인데 그것을 좋아하는 남자는 없다. 화해와 일치는 경멸과 비난이 아니라 칭찬과 격려를 통해서 이루어진다. 지속적으로 그렇게 하기 위해서는 자신을 비우는 부단한 노력이 필요하다.

이혼의 이유로 성격 차이가 45%, 경제적 이유가 15% 정도 해당된다. 성격 차이란 것이 자신의 입장에서 생각하고 말하므로 형성되는

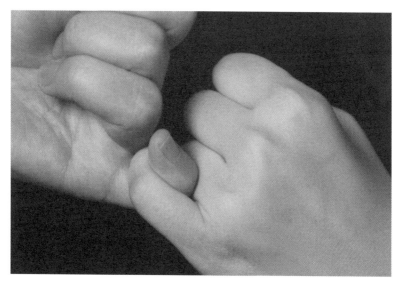

섬김이란 숨은 동기와 보상의 기대 없이
깊은 사랑과 헌신적인 우정으로 남편의 필요를 채우는 것이다.
남편을 친구처럼 대한다는 것은 그를 어린아이가 아니라
성인으로 맞이해야 한다는 뜻임을 알아야 한다.

것이다. 자신의 가정에서 보고 배운 것을 그대로 배우자에게 주장하게 되는데 이혼한 후에도 뭐가 잘못되었는지 모른다. 아내는 정서적 필요를 남편이 채워 주었으면 하는 기대를 버리고 대신 남편의 필요를 채워 주는 쪽으로 초점을 옮길 때 남편을 제대로 보살피게 된다. 섬김이란 숨은 동기와 보상의 기대 없이 깊은 사랑과 헌신적인 우정으로 남편의 필요를 채우는 것이다. 남편을 친구처럼 대한다는 것은 그를 어린아이가 아니라 성인으로 맞이해야 한다는 뜻임을 알아야 한다. 마치 부모가 아이에게 명령하며 순종을 기대하듯 요구하면 문제가 발생한다. 그러니 남편을 성인으로 대하라. 그러면 남편 안에 상호 존중의 태도와 감사의 마음과 당신을 향한 성적 욕구가 자란다.

아내들은 여전히 남편이 내 속을 들여다보고, 내게 주목해 주고, 내 정서적 친밀함의 갈망을 채워 주기를 바라며 종종 억지 부리듯 강요한다. 이렇게 친밀함을 요구하려 하면 남편들은 여자들의 요구에 딴청을 부리고 싶어지는 것이다.

나의 아내는 결혼 27년 동안 바보였던 나를 평강공주처럼 지혜롭게 인도해 주었다. 가정의 행복은 아버지, 남편에게 있다기보다는 어머니, 아내에게 달려 있다는 생각이 든다. 새해에는 내 안에서 전쟁을 벌이던 사납고 어두운 여진족의 무리들을 물리쳐 가볍고 온전한 삶을 살아 평강공주인 아내의 헌신에 보답하고 싶다.

아버지학교

나는 한 달에 두 번 정도 병원을 비운다. 다른 의사에게 맡기고 지방이나 해외 출장을 가 '아버지학교'에서 강의하기 위해서다. '아버지학교'는 건강하고 좋은 아버지, 좋은 남편이 되려면 어찌해야 되는가를 가르치는 학교이며 이 땅의 많은 아버지들이 이 학교를 통해 회복되는 것을 지켜보았다.

병원을 봐줄 의사를 구하는 일이 쉽지가 않았다. 환자들의 불만도 있고, 가뜩이나 어려운 병원 운영이 더욱 힘들어지지만 이 일을 포기하지 못하는 것은 이 땅의 아버지들이 상처에서 치유되고 회복되는 것을 목격하는 기쁨이 있기 때문이다. 술 문화, 도박 문화, 성 문화, 체면 문화, 이혼과 별거, 자녀들과의 갈등 등 여러 가지 문제가 결국 아버지라는 정체성의 혼란에서 온다는 것을 알게 되었다. 많은 아버지들이 소위 면허증 없이 아버지 노릇하고 있었다. 돈을 벌어다 주고 대학까지 공부시켰다고 좋은 아버지가 되는 것은 아니다. '아버지학교'에서는 자녀들과 함께 시간을 보내며 그들을 격려하고, 위로하고, 인생의 도전 앞에서 굴하지 않고 당당하게 살아갈 수 있는 삶의 지표가 되는 가치관, 원칙, 성품 등을 불어넣어 주는 아버지가 되도록 가르친다.

며칠 전에는 중국 대련에서 있었던 '예비 아버지학교'에 다녀왔다. '예비 아버지학교'는 결혼하기 전의 청년들을 단순한 남자가 아닌 인격적인 남성, 남편, 아버지가 되게 하기 위해서 필요한 교육을 담당하는 학교로서 '아버지학교'의 연계 프로그램이다. 지원자들은 대부분 중국에서 유학 중인 학생이었는데, 표면적으로는 건강한 청년들처럼 보였지만 시간이 지나면서 그들의 상처가 드러나고 감정을 처리하지 못해 여기저기서 흐느끼는 소리가 들려왔다. 그리고 상처가 있음을 털어 놓는다. 이혼하여 각자 딴 살림을 차린 부모, 자녀를 두고 떠나 버린 엄마 또는 아빠, 별거 중인 부모를 떠나 작은집에서 사는 청년, 부모의 일류대학에 대한 집착 때문에 죽고 싶을 정도로 힘들었다고 고백하는 청년, 아버지의 술주정과 폭력 때문에 힘들었다고 흐느낀다. 청년들이 아버지로부터 가장 듣고 싶은 말은 "내가 너를 사랑한다.", "네가 자랑스럽다."였다.

자녀가 아버지의 기대에 미치지 못해도 존재 자체를 사랑하고 자랑스럽게 여길 때 자녀들은 자존감을 갖고 세상을 당당하게 살아가게 된다. 그렇지 못하게 되면 수치심, 열등감, 분노 등 부정적인 감정을 갖고 살게 되고, 감정 표현을 하지 않고 가슴을 닫는다. 그리고 고통을 도피하기 위해서 게임이나 포르노, 술, 담배, 이성의 만남에 몰두한다. 일정의 마지막 날에 상처를 준 부모님을 용서하면서 무거운 짐에서 벗어나는 청년들을 보았다. 어둠에서 빛으로, 슬픔에서 환희로 변한 그들의 미소에서 '아버지학교'의 진면목을 보았다.

　아버지의 영향력은 대를 이어내려 간다. 아버지가 술 중독이면 아들도 술 중독이 되기 쉽고, 술 중독의 아버지를 둔 여자를 얻기 쉽다. 이성 교제에 있어서 동일한 감정을 지닌 사람과 만날 때 사랑의 감정이 쉽게 일어나기 때문이다. 그래서 상처가 치유되고 성숙한 다음에 이성 교제를 해야 건강한 배우자를 만날 수 있고, 결혼 생활도 비교적 원활하게 유지될 수 있는 것을 가르쳐 준다. 우리나라의 이혼율은 세계 2위이지만 별거와 정서적 이혼까지 포함하면 이미 1위가 틀림없다. 그런 가정에서 자란 자녀들은 부정적 감정(수치심, 열등감, 두려움, 분노)을 안고 있다. 이 감정을 도피하기 위해서 결혼을 택하기도 하지만 의학적으로, 통계적으로 행복한 가정을 이루지 못하게 되는 것이 일반적이다. 자신의 부모와 마찬가지로 이혼과 별거, 정서적 이혼상태에 쉽게 빠진다. 부모의 영향력은 대를 이어간다. 동일한 감정을 가

아버지로부터 받은 부정적 영향은
용서와 함께 하루 빨리 벗어나고, 긍정적 영향은 물려받아 건강한 가정을 이루어
기쁨이 넘치는 삶을 살게 하는 것이 이 땅의 아버지들이 할 일이다.

'아버지학교' 사진 : 두란노 아버지학교 제공

지고 현실을 도피한 사람끼리 쉽게 만나게 되어 있다. 이들이 결혼하면 사랑을 받아보지 못했기 때문에 사랑하는 방법을 모른다. 사랑을 줄 에너지가 없어 사랑을 상대방에게 주지 못하고 사랑에 굶주려 있기 때문에 서로에게 사랑을 일방적으로 요구하면서 갈등은 시작된다. 시간이 지나면서 그 갈등은 심해지고 어떠한 대화도, 성관계도 하지 않으면서 이혼이나 별거에 들어가게 된다.

건강한 결혼을 하려면 자신이 상처가 있음을 인정해야 한다. 그 상처의 책임이 나에게만 있는 것이 아니라는 명명백백한 사실 관계를 선포할 필요가 있다. 자신에게 상처를 준 사람을 용서하면 상처로 인한 부정적인 감정이 사라지고, 대신에 새로운 관계를 열망하는 마음을 갖게 된다. 누군가를 미워하면 그와 같은 나쁜 점을 똑같이 닮아가게 되며, 누군가를 용서하면 유익하고 좋은 관점이 자리 잡는다는 진리를 믿어야 한다. 아버지로부터 받은 부정적 영향은 용서와 함께 하루 빨리 벗어나고, 긍정적 영향은 물려받아 건강한 가정을 이루어 기쁨이 넘치는 삶을 살게 하는 것이 이 땅의 아버지들이 할 일이다.

정서적 이혼

이혼하지 않았지만 대화나 성관계 없이 사는 부부들이 많다. 중년으로 접어들면서 체면이나 여러 가지 이유로 이혼은 하지 못한 채한 지붕아래서 각자의 삶을 살고 있는 이들이 있다. 밥도 따로 먹고, 잠자리도 따로 하고, 심지어 각자 다른 여자, 남자를 만나고 있는 부부도 있다. 약 20% 정도로 추산하고 있는데, 이를 정서적 이혼 상태라고 한다.

우리 병원에 20년 동안 단골로 오는 50세의 남자 환자가 있다. 이분은 아내와 한집에서 살고 있지만 서로 외박을 해도 간섭하지 않는다. 결혼하지 않은 자녀들은 원룸을 얻어 나가서 살고 있다. 아들은 애인과 동거를 하고 있지만 여자가 수시로 바뀌고, 딸은 시집가지 않고 혼자 살기로 작정했단다. 이 부모들은 자녀들에게 돈을 대주면 의무를 다한다고 생각한다. 하지만 그것이 자녀들에게 치명적 손상을 주는 나쁜 영향을 미치고 있는지 모르고 있다. 자녀들도 그 부정적 영향력 아래 살고 있으면서 의식하지 못하고 있었다. 이러한 불완전한 결합은 차라리 이혼하는 것만도 못하다. 부모와 자녀 모두가 자신들은 행복하다고 생각하지 않고 있었으며 알 수 없는 분노와 수치심으로 가득했다.

이 50세 된 남자 환자는 아내가 자녀들을 낳은 후부터 아이들에게 집착하면서 성관계를 지속적으로 거절해 외도를 하기 시작했다고 한다. 아내는 남편의 이러한 행동에 분노했지만 그럴수록 자녀에게 집착하며 지냈다고 한다. 자녀들이 나가서 사는 요즘은 그 공허함을 다른 남자를 만나면서 해결하고 있다고 한다. 대부분의 불륜은 부부 사이에 일어나는 갈등을 대화로 해결하려는 노력 대신 도피하려는 데서 시작된다. 그 짜릿함에 일시적으로 위로를 받지만 점차 내성이 생기고 중독이 되어간다.

이 남자는 여러 명의 여자와 사귀고 있는데, 그 여자들도 가정을 가지고 있으니 마찬가지로 정서적 이혼 상태임이 분명하다. 한 여자의 남편은 골프장 등을 소유한 사업에 몰두하고 있는 일 중독자이고, 또 다른 여자는 남편이 대학 교수로서 연구에 몰두하고 있어 함께할 시간도 없고 대화도 없다고 한다.

우리나라 가정들은 이혼과 별거와 정서적 이혼 등으로 무너지고 있다. 그곳에서 자라나는 아이들은 분노와 수치심을 가지고 희망을 잃어버린 채 거리로 나와 방황한다. 그들의 눈은 초점이 흐려져 있고 건드리기만 하면 터질 것 같은 적개심으로 가득 차 있다. 부부가 친밀하게, 재미있게 살지 못하면 필연적으로 이렇게 된다. 부부를 하나되게 하는 것은 몸과 마음으로 상대가 원하는 것을 들어주는 것이다. 이것이 사랑이다.

4월의 자연은 참으로 아름답다. 형형색색의 꽃나무들이 죽었던 가지에서 새 움을 틔워 새로운 삶을 시작하는 모양이다. 이렇게 자연의 뜰은 아름다움으로 가득한데, 우리 마음의 뜰과 가정의 뜰은 아직 겨울이다.

아버지의 뒷모습

최근에 나의 병원을 봐준 동료의사는 10년 전에 두 아들을 아내와 함께 유학을 보낸 기러기 아빠다. 당시 중1, 중2, 두 아들이 학교에 적응을 하지 못하고 아내는 아내대로 시댁과의 갈등으로 도피성 조기유학을 떠나게 된 것이다. 동료 의사도 그렇게 하는 것이 자녀와 아내와 자신을 위해서 최선책이라 생각하고 동의를 해주었다. 남편은 아이들을 위해서 열심히 한눈팔지 않고 일했다. 아이들이 훌륭하게 된다면 자신의 고생은 어떤 것이라도 참을 수 있을 것 같았다. 환자는 점점 줄어서 힘들었지만 좋아하던 골프도 끊고 술도 줄여서 아이들의 학비와 생활비를 보내 주었다. 처음에는 1년에 두 번 정도 아이들을 격려하고 아내도 보고 싶어 미국을 방문했다. 나중에는 왕복 비행기 요금과 병원을 비우는 데 따른 수입의 감소를 염려하는 아내의 요청에 1년에 한 번만 방문하기로 했고, 최근 3년 동안은 가족을 만나러 간 적이 없었다. 참기 힘들었던 성욕은 자위로 해결하다가 지금은 욕구도 서서히 사라져 대상도 없이 명퇴하고 쉬는 상태다.

최근에는 아이들에게 충분한 학비도 보내주지 못했다. 환자가 줄어 병원을 처분하고 대진의로 1년을 보냈다. 인터넷에 "19**년생, 산부인과 전문의, 나이보다 젊게 보입니다. 성실히 일하겠습니다."라고 자신을 알리면서 한 달에 20일 정도 전국을 돌아다니며 이 병원 저 병원에서 일했다. 그때그때 파트타임으로 일하는 병원에서 숙식을 해결하며 돈을 아꼈다. 가족을 위해 최선을 다한 것이다.

얼마 전 미국에 있는 아내로부터 메일을 받았는데, 아이들도 이제 대학을 졸업하였으니 이혼하여 각자의 삶을 살자는 내용이었다. 결혼한 지가 20년이 넘었지만 자녀들을 위한다는 명목으로 같이 산 기간보다 떨어져 있는 날들이 더 많았다. 나중에 안 사실이었지만 아내는 2년 전부터 다른 남자를 만났고, 아이들은 아이들대로 이성 친구를 만나 동거를 시작했다고 한다. 동료 의사는 끊었던 술과 담배를 다시 시작했는데 대부분 폭음으로 끝났다. 술이 취해서 간혹 울 때에는 짐승처럼 울부짖었다.

부부는 시간적으로나 공간적으로 함께 있어야 건강해질 수 있다. 지금은 은퇴하여 인도네시아에서 의료봉사를 하는 선배가 최근 나에게 편지를 보내왔다. 그분의 아내는 폐암 말기로 시한부 인생을 살고 있다.

"인생은 너무 짧군요. 의대를 졸업한 지가 어제 같은데 벌써 40년이 지나갔습니다. 이 선생님. 인생은 사랑하기에도 시간이 부족합니다. 부디 시간을 아껴 아내를 사랑하십시오. 이제 아내가 살 날이 얼마 남지 않았습니다. 영원히 살 줄 알고 사랑을 표현하는 데 게을렀던 지난날들을 생각하면 내가 미워집니다."

선배는 아내의 곁을 떠나지 않았다. 끔찍이 사랑했고, 아내 또한 남편에게 순종하며, 그렇게 사랑했던 부부다. 선배의 자녀들은 부모님들의 좋은 영향력으로 가정에서 뿐만 아니라 사회에서도 건강하고 성공적인 삶을 살고 있다.

자녀들은 아버지의 말을 들으며 성장하는 것이 아니라 아버지의 등을 보며 자란다. 아버지와 함께 살면서, 아버지가 사는 모습을 보면서 그 삶을 자기도 모르게 답습하게 된다. 후자의 선배처럼 부부간에 사랑을 표현하고 친밀하게 사는 부모를 둔 자녀들은 정서적으로 안정되어 성공적인 삶을 살게 될 확률이 높다. 요즈음 그런 부모들이 많지 않고 전자와 같이 방향을 잘못 잡은 부모들이 많다. 일만 열심히 했지, 자녀와 아내를 사랑하는 방법을 몰라 고통받는 아버지들이 의외로 많다.

자녀들은 아버지의 말을 들으며 성장하는 것이 아니라
아버지의 등을 보며 자란다.

기러기 아빠

아내와 자녀들을 해외 유학 보내고 혼자 살고 있는 아버지를 기러기 아빠라고 한다. 우리나라의 교육제도에 실망하여 유학을 떠나는 사람도 있고, 자녀의 성적이 시원치 않아서, 또는 남편, 시댁과의 갈등 때문에 도피성으로 떠나는 사람들도 있다. 대부분 자녀가 어리기 때문에 아내가 함께 떠나게 되면 아버지는 혼자 남아서 일에 매달리게 된다. 자녀에게 송금하며 아버지의 역할을 다하려 하지만 자녀들에게 어진 왕으로서, 전사로서, 스승으로서, 친구로서의 삶을 보여 줄 기회가 없다. 결국 자녀들은 영어를 좀 잘하는, 외국 대학을 졸업한 기능적인 아이로 성장할 뿐이다.

아버지와 엄마가 재미있게 사는 모습을 보면서 아이들은 정서적으로 안정된다. 훗날 그러한 가정을 꾸미려고 노력하게 되는데 기러기 아빠 가정의 자녀들은 이러한 긍정적 비전을 갖지 못하게 된다. 자녀 들에게 가장 좋은 교육은 부부가 재미있게 사는 모습을 보여 주는 것 이다. 이러한 모습을 보지 못하고 자란 기러기 아빠나 이혼 자녀들은 친밀하고 다정한 아버지와 엄마의 역할, 남편과 아내의 역할을 제대 로 수행하지 못한다.

또한 문제가 되는 것은 남자가 혼자 있으면서 발생하는 성적인 문 제이다. 여자들은 혼자 있으면서도 성욕 때문에 힘들어하진 않고 외 로움 때문에 힘들어한다. 외국에는 기러기 아빠의 아내만을 노리는 제비족이 있다고 하는데 이들은 집요하게 이 외로움을 파고든다. 기 러기 아빠들은 불행하게도 40대와 50대초, 성적으로 왕성할 나이다. 남자는 하루에 한 번 이상 성에 대해 생각하며, 일주일 동안 줄곧 성 에 대한 생각을 하지 않으면 정상인으로 보기 힘든 존재다. 나는 기 러기 아빠에게 성적인 충동이 생기면 자위행위를 하라고 권한다. 자 위하는 아버지들을 생각하면 측은하지만, 감당할 수 없는 유혹을 미 리 막아야 하기 때문에 할 수 없는 일이라고 생각한다.

성관계는 몸과 마음과 영혼이 하나 되는 거룩한 선물이다. 자신의 몸으로 배우자를 섬기며 마음을 주는 행위다. 떨어져 있으면 친밀함이 없어지고, 같이 있는 것이 불편해져서 나중에는 떨어져 사는 것을 편 하게 느끼게 된다. 아이들을 핑계 삼아 별거에 들어가게 되는 것이다.

자녀들에게 가장 좋은 교육은
부부가 재미있게 사는 모습을 보여 주는 것이다.

병원에는 종종 파키스탄이나 동남아에서 온 노동자들이 치료받기 위해 방문한다. 그들은 자녀들의 생활을 위해, 가족의 삶을 위해 돈을 벌고자 왔다. 아버지를 남겨 두고 가족이 떠난 것이 아니라, 가족을 남겨두고 아버지가 떠났다고 해야 맞다. 그들의 흘린 땀은 가족을 하나 되게 만들고, 가족을 지키는 전사로서 아버지상을 남겨 주기 때문에 우리가 말하는 기러기 아빠와는 다르다. 행복의 파랑새는 먼 곳에 있는 것이 아니라 가정에 있다.

가족을 위해 2년 전 한국에 온 파키스탄 근로자가 고향으로 가기 전 병원에 왔다. 한국에서 한 번도 외도한 적이 없고, 오직 아내와 자녀와 부모님을 생각하며 일했지만 오랫동안 성관계를 하지 않아서 그런지 발기가 잘 안되어 고민하는 눈치였다. 아내를 실망시키기 싫어서 왔다고 했다. 상담을 하면서 나는 속으로 아름답고 위대한 아버지와 한 남편을 만나고 있다는 생각이 들었다. 몸과 마음으로 가장 가까운 이웃인 아내를 위해 자신을 주고 섬기는 모습에서 그들이 왜 행복지수가 높은지 알 것만 같았다.

원조교제

중 고등학생들이 성병으로 내원하는 경우가 부쩍 늘었다. 가정이 무너지면서 가출해 나이트클럽에서 웨이터나 룸 보조, 주유소 등에서 일한다. 또한 성관계를 통해서 소외감을 위로받으려 한다. 누구든지 자기를 인정해 주기만 하면 몸과 마음을 준다. 부모들의 사랑을 받지 못하는 여자 아이들은 원조교제의 유혹을 받기 쉬운데, 이유로는 다른 어른들로부터 사랑을 받고 싶은 왜곡된 정서가 깔려 있기도 하고 소외감을 짜릿한 쾌락으로 위로받으려 하기 때문이다.

과거에는 고등학교 졸업한 청년들의 경우 성매매로 인한 성병이 많았지만, 최근 5년 동안 이성 친구와 성 접촉이 성병 원인의 대부분을 차지할 정도로 성 문화가 급격히 바뀌고 있다. 물론 결혼한 사람들도 성매매보다는 불륜에 의한 성병이 최근 5년 동안 늘어 10명 중 6명 정도에 해당하게 되었다. 어린 아이들은 성병에 대해 잘 모르고, 특히 여자 아이들은 증상이 거의 없기 때문에 여러 명에게 성병을 전염시키고 있다. 또한 이성 친구가 없거나 성관계의 경험이 없으면 대화에 참여하지 못하는 또래 집단의 문화가 형성되어 있어, 여러 명과 성관계한 것을 훈장처럼 달고 다니는 요즘 청년들의 성문화도 성병이 증가하는 원인이 된다.

어제는 중학교 3학년 남학생 세 명이 성병이 걸려서 내원했다. 인터넷 채팅으로 만난 중학교 3학년 여학생과 차례로 성관계를 가졌다는 것인데, 지금도 그 여학생은 또 다른 자기 친구를 불러내 성관계를 한다는 것이다. 남학생의 부모들은 자기의 자녀들이 이렇게 성관계를 하는 줄 아무도 모르고 있다. 그 여학생은 부모가 이혼했고, 각자 따로 결혼을 해 아버지가 2명, 엄마도 2명인데, 딸이 가출했지만 전화조차 없다고 한다. 그런 상황에서 이 어린 여학생이 선택할 수 있는 삶의 폭은 그리 넓지 않다.

사랑을 받아야 할 시기에 무관심과 학대를 받는 자녀들은 쉽게 성관계에 빠질 수 있다. 성관계를 하는 순간에는 스킨십을 느끼고 외로움으로부터 도피하는, 불안정하지만 지금껏 만져보거나 가질 수 없는 만족감을 성취하기 때문이다. 나이가 들면 마약이나 술, 도박을 할 수도 있겠지만 어린 자녀들은 성적인 것으로 현실을 도피할 수밖에 없다. 자녀들, 특히 어린 딸들은 전적으로 부모를 존경하고 그들의 행위를 따라하는 경향이 있는데, 가정이 붕괴되고 불륜에 빠진 부모들에게서 자란 그들은 성관계에 대한 질서가 없이 자신이 원하면 마음대로 남자와 성관계를 할 수 있다고 믿는 경향이 있다. 아이들은 부모들이 행동하는 것을 보고 배운 대로 행한다.

그 여학생은 원조교제로 어른들에게 받은 돈으로 남자 친구들과 성관계를 맺어왔고 결과적으로 학교를 중퇴했다고 했다. 병원에 온 남학생들도 부모님과 함께 살지만 친밀감은 없었다. 부모님은 성적을 올리는 데에만 관심 있고 공부를 더 열심히 하라고 다그치는데, 성적은 제자리걸음이라 스트레스가 이만저만이 아니었다. 그들은 포르노를 보며 자위행위를 해 스트레스를 해결해 왔다고 한다.

부부사이가 벌어지게 되면 아내는 소외감을 자녀에게 집착하는 것으로 채우려 하고, 자녀들은 그 스트레스를 해소하기 위해서 성적 공상과 포르노와 자위에 탐닉하게 된다. 이러한 부모들은 자녀들이 결혼한 후에도 집착하는 경향이 있어 스스로 독립할 능력을 갖지 못하게 만들어 자녀의 가정까지 손상을 주게 된다. 남편은 남편대로 성적 요구를 다른 곳에서 해결하므로 우리나라에서 성매매로 오가는 돈이 1년에 27조원이나 되고 불륜은 이보다 더 많다고 해도 놀랄 만한 일은 아니다.

사회의 성문제는 모두 가정이 붕괴되면서 시작된다. 붕괴된 가정의 영향력은 대를 이어 유전되고, 이로 야기된 성 문제는 시간이 지남에 따라 더욱 심각한 문제를 일으킬 것이다. 성 문제는 마약과 같이 내성이 있어 조금씩 더 큰 자극을 찾기 때문이다. 이와 같은 음란한 세대에서 자신과 가정을 지키려면 세상을 좀 더 냉철하게 바라보는 자기와 대면의 시간이 누구에게나 필요하다. 아이들을 건강하게 키우기 위해서는 우선 부부 중심으로 재미있게 살아야 한다. 자녀들에게 무조건적인 사랑을 줘야 하며 믿고 기다리며 집착하지 말고 방목해야 한다. 가축들도 사육한 것보다는 방목한 것이 건강하다. 그렇게 자란 자녀들은 또한 훌륭한 배우자를 만나 결혼할 것이고, 또 그들의 자녀들은 그것을 보고 배우며 건강한 가정을 지켜나갈 것이다.

성

아무도 말하지 않는 죄

섹스 중독

마시멜로 이야기

이유 있는 불륜

그녀의 신음소리

오럴섹스와 변태

크기를 논하지 말라

힘들어 죽겠다

혼전 순결

중년의 위기

황혼의 첫사랑

아무도 말하지 않는 죄

술이나 마약, 또는 도박 중독은 표면적으로 드러나지만 성 중독은 보다 은밀하기 때문에 훨씬 더 감추어져 있게 마련이다. 우리나라의 성 중독자는 약 300만 명으로 추산되는데, 이 중에서 상당수가 음란물 중독이라고 한다. IT산업이 발달하는 추세와 함께 음란물 중독자 수는 나날이 증가되어 심각성은 더욱 깊어지고 있다. 포르노는 일반적으로 남자들이 중독성이 심하다. 포르노는 남자들을 대상으로 만든 상품이다. 음란채팅 중독은 남자보다 여자들이 더 심한데, 남자들은 시각적으로 흥분하는데 반해서 여성들은 청각적으로 흥분하는 경향이 있기 때문이다.

오늘은 결혼한 지 6개월 되는 여자가 어머니와 함께 내원했다. 모녀의 얼굴에는 수심이 가득했다. 6개월 동안 5번의 성관계를 했는데, 대화를 나누거나 친밀한 행위 없이 혼자 사정하고 끝난다는 것이다. 그러면서 문을 걸어 잠그고 포르노를 보며 자위행위를 하는 것 같다고 한숨짓는다.

조사에 의하면 10대에서 30대의 인터넷 사용자 5%가 음란물 중독에 빠져있다. 정도의 차이는 있지만 빈약한 자아상을 갖고 있어 만성적인 우울증으로 이어지며 이로 인해 다른 사람과 관계가 원만하지 못하다. 부부관계도 마찬가지로 친밀한 성관계를 갖기가 힘들게 되고 포르노와 채팅 등 사이버 성을 통해 성적 공상과 자위를 하며 만족을 찾고자 한다. 흔히 음란물 중독자들은 비밀스럽고 이중적인 생활을 영위한다. 공동체 생활을 하기 힘들기 때문에 자유직종을 좋아하는 편이다. 음란물 중독자들은 매춘이나 강간, 근친상간, 아동 성희롱 등 범죄적인 성행위 등으로 발전되기도 하지만 음란물 중독으로 고착된 경우도 많다.

성 중독, 특히 음란물 중독은 병적인 가정에서부터 시작된다. 특히 가정에서 일어나는 학대는 자녀들이 음란물 중독으로 빠지는 지름길이다. 정서적으로 안정된, 사랑이 많은 가정의 자녀들도 포르노와 채팅에 빠지기도 한다. 그러나 좀처럼 중독으로까지 발전하지 않는다. 실제로 다수의 가정이 사랑에 관한 기술적인 방법을 간과해 실수들을 저지르곤 한다. 부모가 건강하게 사랑하는 방법을 배우지 못했다

성 중독, 특히 음란물 중독은 병적인 가정에서부터 시작된다.
특히 가정에서 일어나는 학대는 자녀들이
음란물 중독으로 빠지는 지름길이다.

면 그 가정 역시 전반적으로 병적으로 되기 쉽다. 예를 들어 학업 성적으로 남들과 비교를 하는 것은 금물이다. 소질도 없는 운동이나 악기를 강압적으로 배우게 한다면 일종의 학대가 되는 것이다. 이런 강압은 수치심을 낳는다. 가정이 건강하지 못할 때 그 자녀들이 깊은 상처를 입게 되는 것은 분명한 사실이다. 그런 가정의 아이들은 성(性)적인 관계를 통해 유대감을 표현하며, 위로를 받고, 쾌감을 얻음으로써 가정의 상처에 연관된 고통스러운 감정으로부터 도피하려 한다. 이때 사용되는 것이 포르노와 채팅과 음란전화이다. 도박과 마약, 독한 술에 접근할 기회가 없는 자녀들은 음란물을 통해 고통스러운 감정을 마취시키려 한다. 그리고 음란물 중독은 나이가 들면서 더 자극적인 감각을 갈구하게 된다.

성 중독, 특히 음란물 중독자들에게 있어서 중요한 치료의 시작은 자신이 중독자임을 인정하는 것이다. 주변 여건에 의해 상처받은 후 민감한 청년들은 위로가 되는 대상을 찾고자 더 멀리 도피하는 불안정한 상태에 직면한다. 그러나 성적인 중독의 감옥에 갇혀 있음을 인식하는 것이 중요하다.

나는 이 새 신부에게 "남편이 상처받은 사람임을 알아야 하고, 아내는 돕는 자로서 남편을 칭찬하고 격려하며, 기다림으로써 희망을 가질 수 있다."라고 말해 주었다. 어린 신부는 흐느끼기 시작하더니, 이윽고 자제력을 잃고 통곡하기 시작했다. 그녀는 한 시간 동안이나 계속해서 울었다. 성 중독자와 관계를 가지고 있는 사람들에게 성 중독의 고통은 말할 수 없이 크다.

지금 가정에는 사랑이 식어가고, 여기저기서 신음하는 소리가 들린다. 찬바람이 분다. 한강은 얼었고, 우리들의 마음은 더욱 차가워졌다. 소리 없는 아우성이 들린다.

섹스 중독

잘 걷지도 못하고 시력도 나쁘고 기력도 떨어진 나이든 분들이 섹스의 중독에서 벗어나지 못하는 것을 보면 안타깝다. 섹스 중독은 청소년에서 노인에 이르기까지 전 연령층에 걸쳐 존재한다. 모든 중독(술, 마약, 도박, 일)이 마찬가지이지만 섹스 중독 또한 힘들고 고단한 현실을 도피할 요량으로 빠져들다가 심각한 중독에 이르게 된다. 물질 중독(술, 마약)이나 행위 중독(도박, 섹스, 일)은 일단 중독이 되면 의지만으로 끊을 수 없게 되는 통제 불가능한 병이다. 몇 개월가량은 중단할 수 있지만 치료는 안 되는 이유는 중독자의 뇌 속에 쾌락을 기억하는 물질이 형성되어 평생을 지배하기 때문이다. 10년 동안 마약에 전혀 손대지 않고 정상적인 생활을 하는 예전의 중독자조차 이렇게 말한다.

"10년째 마약은 하지 않지만 치료 중인 마약 중독자입니다."

중독의 치료 과정에서 꼭 필요한 것이 있다. 첫째로 자신이 중독자임을 인정하는 것이고, 둘째는 자신의 노력으로 치료될 수 없음을 인정해야만 하고, 셋째로 위대한 능력(하나님)에 의지하겠다는 마음을 가져야만 한다. 이 세 가지가 없으면 실제로 치료는 불가능하다.

중독자가 된 현실을 직시하지 않거나, 자신이 스스로 치료할 수 있다고 하면서 도움의 손길을 거부한다면 십중팔구 치료는 불가능하게 된다. 보통 정신과에 3~6개월 정도 입원하고 나면 퇴원 후 3개월 정도는 의지력으로 버틸 수 있다. 하지만 예외 없이 중독자의 모습으로 돌아온다. 정신과 치료에만 매달리기보다는 중독자 모임에 정기적으로 참여하면서 앞서 말한 3가지를 명심하는 게 현명하다. 초자연적인 힘에 의지하며 서로 교제를 나누다 보면 영혼의 위로를 받게 된다. 이것이 치료의 지름길이다. 치료에 있어서 무엇보다 중요한 것은 현실을 도피하지 않고 고통을 응시하는 진실한 태도다. 중독자들은 이중성을 갖고 있는데, 완쾌되고자 하는 마음과 중독을 계속해서 이어나가고자 하는 마음을 동시에 품는다는 사실이다. 자신의 잠재의식에는 중독이 지금까지 자신을 위로해 주었다는 무의식이 있다. 그래서 낫고자 하는 거룩한 선택의 열망이 없다. 한 사람이 여러 중독을 가진 경우를 고려해도 현실적으로 약 500만 명이 이와 같은 중독으로

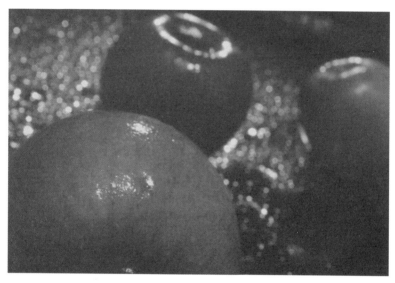

중독의 치료 과정에서 꼭 필요한 것이 있다.
첫째로 자신이 중독자임을 인정하는 것이고,
둘째는 자신의 노력으로 치료될 수 없음을 인정해야만 하고,
셋째로 위대한 능력(하나님)에 의지하겠다는 마음을 가져야만 한다.

고통받고 있을 것이라고 추정하고 있다. 한 집안에 중독자가 있으면 그 가족 모두의 삶이 구속받게 된다.

나는 고립된 공간(진료실)에서 오랜 세월을 보내면서 너무 힘들었다. 어떤 날은 가슴이 터질 것 같은 때도 있었다. 이 힘든 현실을 술이나 도박, 섹스로 위로받고자 하는 유혹을 가까스로 넘겼다. 그러나 운동에 10년 이상 중독이 되어 있었다. 1980년대 중반부터 90년대 초반까지 달리기, 수영, 테니스 등에 매달렸는데, 그 당시 그것이 중독인지조차 몰랐던 것이다. 지금 생각하면 그것은 확실히 중독임에 틀림없다.

20km 이상 달리고 나서 땀을 흘린 다음에 샤워를 하고 찬 물에 들어가 몸을 담그면 기분 좋은 느낌이 온 몸을 감싸는데 그것은 황홀감 그 자체이다. 그 쾌락을 다시 한 번 맛보기 위해 또 달린다. 아침 7시부터 밤 9시까지 수영을 하고, 자전거를 타고, 마지막에 마라톤 풀코스를 뛰는 철인3종경기에 참가하기도 했다. 결과적으로 이것들은 나의 감정을 마비시키고 삶의 방향을 잃어버리게 했다. 창조주가 허락한 이 땅에서의 시간을 낭비하게 만들었다. 아내 그리고 자녀들과 함께하는 시간을 빼앗았다.

현대 문명의 소란스러움과 유혹에 노출된 우리들은 자신이 어디에 와 있는지 스스로 점검하는 시간이 필요하다. 요즘은 점심시간에 자전거를 타고 근처 산에 올라 숲 속으로 간다. 그곳에는 나만이 아는 자리가 있다. 그곳에서 일상에서 벗어나 나와 대면하는 시간을 갖는다.

마시멜로 이야기

술을 마신 후, 성매매나 불륜 관계를 맺고 성병이 의심되어 병원을 찾는 사람들 중에 단 한 번의 실수가 아닌 습관적, 충동적으로 내맡기는 사람이 많다. 이런 일로 자주 병원을 찾는 환자는 나의 고객이기는 하지만 조금은 얄밉다. 최근 5년 동안 불륜에 의한 성병의 발병률이 성매매를 통한 것보다 급격히 증가했다. 여러 가지 이유로 부부간에 친밀한 성관계를 맺지 않는 섹스리스 부부들은 밖에서 성매매와 불륜에 빠지기가 쉽다.

부부간의 친밀한 섹스는 육체적인 운동의 한 형태이며 심신에 활력을 제공한다. 세포의 산소량을 증가시키며, 각 기관과 조직의 기능을 활성화시키고, 남성호르몬 분비를 자극하여 뼈와 근육을 지켜 주고,

콜레스테롤을 떨어뜨려 심혈관을 보호한다. 1년에 10번 이내로 성관계를 하는 섹스리스 부부에게서는 친밀한 성관계를 하는 부부에 비해서 남성호르몬의 분비가 적어 상대적으로 뼈와 관절이 약하다. 엔도르핀의 분비는 두통을 경감시키고 불면증을 치료한다. 사리돈이나 판피린 등 두통약을 계속 복용하는 사람들 중에는 혼자가 되어 성관계를 하지 않거나 섹스리스 커플이 많다. 성관계를 친밀하게 하는 부부에게는 불면증은 거의 없다. 엔도르핀은 잠을 쏟아지게 하는 기능이 있기 때문이다. DHEA의 분비를 촉진시켜 고혈압, 당뇨병, 전립선비대증 등 노화를 지연시킨다. 세로토닌의 증가는 스트레스를 해소시킨다.

섹스리스 부부는 사소한 문제로 부부싸움을 벌이는 경향이 있다. 성관계를 잘하는 가정은 세로토닌의 증가로 스트레스를 감소시켜 주어 웬만한 문제는 대충 넘어간다. 예를 들어 아내가 저녁 준비를 하면서 퇴근하는 남편에게 된장찌개에 넣을 두부 한 모를 부탁했다고 하자. 남편이 그만 깜빡 잊고 빈손으로 왔을 때 친밀한 부부는 부드럽게 넘어가지만, 섹스리스 부부는 항상 긴장되어 있기 때문에 "왜 나를 무시하느냐."며 아내가 받아치게 되고 남편은 남편대로 화를 내며 싸움을 벌이게 된다. 성관계는 옥시토신이라는 물질을 증가시켜 친밀감과 안정감을 가져다준다. 섹스리스 부부가 속한 가정이 분위기가 어두운 것은 이 때문이기도 하다. 반면에 친밀한 부부 관계를 맺는 가정에 속한 자녀들은 정서적으로 안정되어 학업 성취도 또한 높다.

규칙적인 섹스는 여성에게 여성호르몬을 증가시켜 여성의 심장병을 방지하며, 질 점막을 부드럽게 하여 출산 후나 폐경 후에도 원만한 성관계를 유지하게 한다. 하지만 모든 성관계가 이런 바람직한 물질을 분비하게 하는 것은 아니다. 성매매와 불륜은 도박과 같이 중독으로 가게 된다. 술과 마약을 자주하게 되면 이것이 우리 몸에서 도파민을 분비시켜 쾌감을 만드는데 이것이 중독으로 가게 되는 원인이 된다. 술이나 마약이 물질 중독이라면 도박이나 섹스는 행위 중독이다. 판돈이 쌓이고 마지막 카드를 받는 과정에서 느끼는 긴장감이 우리 몸에서 아드레날린을 분비시킨다. 이 물질이 도파민 분비를 자극하여 흥분을 가져온다. 술이나 마약중독보다 도박 중독이 더 끊기가 힘든데, 섹스 중독도 이 도박 중독과 같은 메커니즘으로 중독의 현상을 일으킨다. 성적 공상이나 포르노를 보며 성적 대상을 찾는 과정에서 긴장감을 느끼게 되는 것이다. 모든 중독, 특히 성 중독자들의 뇌를 특수촬영을 해 보면 치즈처럼 오염되어 있는 것이 보인다. 중독이 치유되면 이 치즈처럼 보이는 것은 사라지게 된다.

어떤 중독이든지 중독자들은 아버지로서, 남편으로서, 사회인으로서 책임을 다하기 힘들다. 대인관계에 상존하는 스트레스를 잘 관리하지 못한다. 따라서 창조적이지 못하다. 이런 결함이 사회적으로 성공하기 매우 힘들게 만든다.

『마시멜로 이야기』에는 이런 내용이 나온다. 스탠퍼드 대학에서 실험을 했다. 4, 5세 정도 되는 아이들을 각기 다른 방에 배치해 혼자 있게 한 후 마시멜로(캔디)를 준다. 15분 정도 먹지 않고 견디면 1개를 더 주기로 했다. 600명이 참여했는데, 10년 후 15분을 기다린 아이들과 참지 못하고 먹어치운 아이들의 생활상을 추적 비교했다. 공교롭게도 15분을 참았던 아이들은 그렇지 못한 아이들보다 학업 성적이 뛰어났다. 친구들과의 관계도 훨씬 원만하고 스트레스를 효과적으로 관리할 줄 안다는 사실이 밝혀졌다. 눈앞의 마시멜로에 만족한 아이보다는 한 순간의 유혹을 참고 기다렸던 아이들이 성공적으로 성장했다는 것이다.

이 실험의 결론은 세상의 유혹을 참고 기다리는 것이 인생의 성공과 행복의 비결이라는 것이다. 정서적으로 안정된 아이들이 유혹을 잘 견뎌낼 수 있었다. 정서적으로 안정되려면 성장 과정에서 인정받고, 칭찬 받고, 위로받아야만 한다. 부모로부터 이런 정서적 욕구가 충족되지 못하면 성인이 되어도 오래 참지 못하고 충동적으로 행동하기 쉽다. 우리나라의 많은 가정이 이혼이나 정서적 이혼 상태이기 때문에 불행하게도 자녀들은 부모와 친밀한 관계를 갖기 힘들다. 그들이 오래 참고 절제하는 힘이 부족한 것은 어쩌면 당연할 수밖에 없다.

일주일 전에 철원에 있는 부대에 가서 '결혼과 가정'에 대해 강의

하고 왔다. 요즘 군부대에서 사고가 빈번하게 일어나는 이유로 이혼과 별거, 정서적 이혼상태의 가정이 늘고 있는 것과 무관해 보이지 않는다. 그런 가정 속에서 자란 아이들은 적개심, 분노, 수치심등 왜곡된 정서를 형성하는 경향이 있다. 부대원들이 오래 참지 못하며, 충동적으로 행동하고, 부대원 상호간에 친밀한 관계를 가질 줄 모르는 것은 이 때문이 아닌가. 군 지휘관들은 우리의 적은 밖에 있는 것이 아니라 붕괴된 가정에 있다는 것에 동의했다. 최근에는 군 전력을 증강시키기 위한 방편으로 군인들의 가정 문제에 관심을 갖기 시작했고, 2년 전부터 '아버지학교'의 연계 프로그램인 '예비 아버지학교'를 군부대에 접목시켰다. 그렇게 지금까지 60회에 걸쳐 약 6000명 정도가 수료했고, 앞으로도 프로그램은 계속될 전망이다.

강의 내용으로는 우리 모두에게는 말 못할 상처가 있음을 인정하는 것, 그 상처는 나의 책임이 아님을 선언해 수치심으로부터 해방될 것, 그 힘든 성장 배경을 비약의 계기로 삼으려 노력해 자신에게 상처를 준 사람을 용서함으로써 무거운 짐에서 벗어나자는 것이다. 부모를 미워하면 나쁜 점을 똑같이 물려받지만, 부모를 용서하면 좋은 점을 닮는다는 통계를 알려준다. 이런 인식 과정에서 용서가 없다면 부모로부터 받은 나쁜 영향력을 자신도 모르는 사이에 그대로 받아들이게 되고, 또 자녀들에게도 물려주게 되기 때문에 부정적 영향력을 우리 대(代)에서 끊어야 한다는 내용이다.

통계적으로나 의학적으로 증명된 사실로, 정서적으로 비슷한 사람끼리 만날 때 사랑에 빠져 결혼하기 때문에 부모로부터 받은 상처가 치유되어 수치심이나 죄책감, 분노 등의 감정이 치유되어 정서적으로 안정되어야 성숙한 배우자가 눈에 들어온다. 그런 사람과 결혼하는 것이 행복하다. 사랑을 받지 못했던 상처를 그대로 간직한 채 환경적으로 비슷한 사람을 만나 결혼하게 되면 결혼 후에도 사랑하는 방법을 모르고, 사랑을 받고 싶은 마음만 앞서 서로에게 줄 사랑의 에너지가 없기 때문에 이유를 모르는 싸움이 그치지 않는다. 여성의 성감대는 마음이기 때문에 싸움 후에 남자는 성관계를 할 수 있지만 여자는 성관계를 할 수 없다. 아내는 쉽게 남편의 성적 요구를 거절하게 된다. 남자는 성적 욕구를 해결할 다른 방법을 찾게 되는데 그것이 성매매와 불륜이다. 이렇게 병적인 가정이 유전되는 것이다.

이혼의 이유로 성격 차이가 45%로 가장 많았다. 다음이 경제적 이유로 16%, 가족 간의 불화가 13%, 배우자의 부정이 7%로 보고가 되어 있는데, 이 성격 차이를 자세히 들여다보면 앞선 맥락과 같은 왜곡된 감정으로 인한 성적인 문제로 이혼하게 되는 것이다.

많은 젊은이들이 결혼 전 성관계를 통해 속궁합을 맞추어 보고 결정하겠다는 잘못된 생각을 가지고 있다. 생리적 욕구에는 만족함이 없기 때문에 보다 섹시하고 자극적인 사람을 찾게 되는 것이 인간의 속성이다. 속궁합은 상처가 치유된 사람끼리 만나 결혼하여 부부간

속궁합이란 만들어 가는 것이다.
노력하고, 애쓰고, 훈련해 얻어지는 속궁합은 가치 있다.
이렇게 얻은 속궁합은 죽을 때까지 지속되어 생명력을 가진다.

에 마음이 하나 되고, 부족한 부분들을 인정하고, 격려하며 살게 되면 자연스럽게 맞게 되어 있다. 오르가즘은 자신의 몸으로 배우자를 사랑하겠다는 마음 위에 꽃피는 아름다운 열매다. 속궁합이란 만들어 가는 것이다. 노력하고, 애쓰고, 훈련해 얻어지는 속궁합은 가치 있다. 이렇게 얻은 속궁합은 죽을 때까지 지속되어 생명력을 가진다.

사랑은 가장 가까운 이웃인 아내나 남편에게 자신의 몸과 마음을 자신의 것이라 주장하지 않고 상대방을 섬기며 주는 것이다. 상처가 많은 사람끼리 결혼해서는 사랑을 나누기가 힘들다. 때문에 상처를 치유한 다음에 결혼하는 것이 무엇보다 중요하다. 많은 젊은이들이 이 법칙을 알고 성숙한 결혼을 준비했으면 한다. 절제를 통한 사랑을 할 수만 있다면 가정과 사회는 건강해질 것이다.

이유
있는 불륜

우리나라에서 성매매로 오가는 돈이 27조원이라 한다. 실로 어마어마하다. 우리나라 농림, 어업 분야의 국민 총생산인 24조원보다 많다. 2009년도 우리나라 국방예산이 28조, 1년 술 소비량이 10조원이다. 식당, 술집, 가정에서 소비하는 술이 엄청나게 많은데, 성매매로 오가는 돈의 3분의 1정도에 불과하다.

하지만 요즘 성병 치료를 위해 오는 환자 중 성매매로 인한 경우보다 불륜으로 오는 사례가 더 많아졌다. 불륜은 우리가 상상하는 것보다 훨씬 많이 이루어진다. 성병이 의심된다고 말하면 "그럴 리가 없는데요. 그 여자는 정숙한 가정주부입니다." 하고 정색하며 말한다. "직업여성과 관계한 것이 아니라 사장 부인이예요."

성매매를 직업으로 하는 여성들은 정기적으로 검사를 받지만 주부들은 증상이 없으면 병원에 가지 않기 때문에 보균을 하는 경우가 허다하다. 여성들은 남자와 달리 질 내부에 염증이 있어도 80% 정도 증상을 느끼지 않기 때문이다. 잘 사는 사람이나 못사는 사람이나 사회적 지위가 있는 사람이나 없는 사람이나 마찬가지로 불륜에 관련되어 있다. 그리고 포르노를 보면서 지불하는 돈도 상상을 초월한다.

성매매와 불륜, 포르노에 자유로운 시대는 없었지만 작금의 성적인 문란은 말세에 가깝다. 가치판단이 마비되어 있고 아무 생각 없이 흘러가고 있다. 특히 최근 5년 동안 더욱 문란해졌다. 앞으로 더욱 심해질 것이 확실한데 성적인 문란은 중독성이 있기 때문이다.

1년에 10회 이내로 성관계를 하는 섹스리스 부부들은 전체 부부들 중 15% 정도를 차지한다. 이들은 대부분 가정이 화목하지 못하다. 많은 섹스리스 커플들이 이혼이나 별거, 가출하게 되고 또는 정서적 이혼의 상태로 지내는데 밖에서 성관계의 대상을 찾기 때문에 성적 문란을 부채질하고 있다.

오늘은 54세인 남자가 성병 유무를 검사하기 위해 내원했다. 대기업 임원으로 근무하면서 교회에서는 안수집사 직분을 맡아 사회적으로 인정받는 분이다. 평소 친분이 있었는데, 교회에선 신실하게 지내고 늘 겸손하며 온화한 분이셨다. 그런 그가 50을 넘은 나이에 처음으로 외도를 했다. 성병이 의심되서 내원했고, 본인도 죄책감에 사로잡혀 매우 괴로워하고 있었다. 아내는 교회에서 열심히 봉사를 하면서, 가난한 사람들을 돕는데 돈과 시간을 아끼지 않았다. 그렇지만 남편과의 잠자리는 늘 피하는 편이었다. 부부간의 성을 바람직하지 않은 불결한 것으로 생각하며 성장해 왔기 때문에 남편의 성적 요구를 번번이 거절하며 그럴 시간과 힘이 있으면 이웃을 도와야 한다고 말하곤 했던 것이다.

언젠가 그 남편이 발기가 안 되어 나에게 치료받은 적이 있다. 남자의 발기부전은 여러 가지 원인이 있지만 아내의 거절이나 아내가 남편과의 성관계에 소극적일 때 일어난다. 남자는 발기가 안 되면 초조해하고 인생이 끝난 것처럼 여긴다. 이것을 모르는 그의 아내는 자신이 원하지 않는데 왜 치료받느냐고 야단을 치며 다른 여자가 생긴 것은 아닌지 의심까지 했다고 한다. 아내가 성적 요구를 거절할 때마다 자위로 허전한 마음과 욕구를 달래다가 외도를 하게 되었다고 그는 눈물지었다.

나는 당신의 책임이 아니라 전적으로 아내의 책임이라고 말해 주었다. 남자와 여자의 성 생리는 근본적으로 다른데 남자는 성적 욕구가 생기면 참기가 힘들다. 스스로 참고 넘어가는 남자는 많지 않다. 만약 그렇게 훈련이 되었더라도 정신적으로나 육체적으로 건강을 유지하기 힘들다. 섹스리스 커플들은 감정의 기복이 심하고, 여기저기 아픈 곳이 많다. 친밀한 성관계를 하면서 분비되는 옥시토신이나 세로

토민, 남성호르몬, 엔도르핀 등의 분비가 감소되기 때문이다.

　최근 5년 동안 급격히 증가한 불륜은 하나의 문화적 현상이 된 것처럼 느껴진다. 만약 아내가 남자의 성 생리를 잘 안다면, 그래서 남자의 부족한 부분을 채워 준다면 우리나라의 성매매와 불륜은 1/3정도로 감소할 것이다. 자신이 원치 않는다고 남편의 의사를 무시해야 된다는 생각은 성적 무지와 자기중심적인 마음에서 비롯된다. 결혼하면 몸과 마음은 자신의 것만이 아니라 배우자의 것이 되어야 한다. 몸과 마음으로 배우자를 섬길 때 진정 부부는 하나가 될 테고 가정의 행복은 이루어질 것이다. 오랄 섹스만 해도 대부분 남자들은 좋아하지만 여성들은 부정적으로 생각하는 경우가 의외로 많다. 이런 경우 남자는 오랄 섹스를 해주는 여자를 찾아 떠난다. 아내가 성관계를 거절하는 이유는 많지만, 이로 인해 남편이 힘들어한다는 사실만이라도 직시할 수 있다면 행복한 부부의 삶은 시작될 것이다.

　두 달 전 아내의 불륜으로 고민하던 40대 후반의 남자가 찾아왔다. 남편과 자녀들에게 최선의 노력을 다했던 아내가 다른 남자와 성관계를 했다는 사실에 낙담하고 어찌해야 되는지 몰라 상담하러 온 것이다. 성 문제에 있어서 남편이나 아내 한 사람의 이야기만 들어서는 해결책이 나오지 않는다. 경험상 서로 상대방에게 문제가 있다고 확신하고 있기 때문이다.

　그의 아내는 성공을 향해 노력하는 똑똑하고 흐트러짐 없는 남편과

우리가 타고 있는 가정이라는 배를
침몰케 하려는 이 세대의 분주하면서도 경박한 파도가 밀려온다.

결혼했다. 남편은 직장에서 저녁 늦게까지 일했고, 주말에도 일거리를 집으로 가지고 왔다. 섹스조차 세밀하게 계획을 세워 마치 일정 중에 하나인 것처럼 해치웠다. 그것도 1년에 2, 3차례가 전부였다. 아내는 버려진 느낌을 받았지만 그래도 두 아들을 키우면서 나름대로의 만족을 찾으려고 애썼다. 하지만 아이들을 돌보며 아무리 바쁘게 산들 남편의 부재 가운데서 깊어가는 외로운 감정의 골을 메울 수는 없었다. 성적으로도 좌절감이 컸다. 성관계를 하고 싶어도 남편을 침대로 끌어들일 수 없었다. 언제나 지금 성사 단계에 있는 계약이 너무 크고 중요해서 이번 계약만 끝나면 아내를 위해서 시간을 내겠다는 말만 반복할 뿐이었다. 아내는 채팅에 빠졌으며 자위행위로 만족을 찾고자 했다. 그것도 지루해서 다른 남자를 찾고자 하는 자신을 발견했다. 그리고 채팅에서 한 남자를 만나 성관계를 맺는 사이로 발전했다. 아내가 원하는 삶은 그런 삶이 아니었지만 성적인 즐거움에 눈을 뜨게 되었다. 아내는 남편에게 이혼을 요구했다. 아이들이 눈에 들어왔지만 자신의 행복을 위해서 모두 버릴 수 있을 것만 같았다. 그제야 남편은 일을 놓고 가정에 관심을 갖게 되었다.

두 사람은 상담을 받으면서 가정을 지키려고 정말 어려운 시기를 보냈다. 남편은 우선순위를 가정에 두었고, 아내와 함께 보내는 시간을 많이 가졌다. 상처가 아물어 가는 중이다. 부부간에 성관계는 친밀함을 요구한다. 친밀함을 위해서는 함께 하는 시간이 충분해야 한다. 그리고 친밀한 대화를 나누어야 한다. 서로 지지 않으려 송곳 같은 모서리를 겨눈 대화는 피해야 한다. 자신의 연약함과 자신이 바라는 것을 동시에 얘기할 수 있어야 한다. 현대를 살아가는 직장인들의 고충을 모르는 바가 아니다. 대기업의 부사장으로 있는 후배는 10년 동안 휴가를 가본 적이 없다고 했다. 그렇지만 시간을 내서 가정을 지키려는 노력을 게을리해서는 안 되겠다. 우리가 타고 있는 가정이라는 배를 침몰케 하려는 이 세대의 분주하면서도 경박한 파도가 밀려온다. 욕망의 바다에 빠지지 않기 위해 정신을 차리고 그 파도를 직시하며 키의 방향을 바로잡아야 한다.

부부의 친밀함은 자녀들에게 안정감을 주고 집중력을 키워 학업이나 친구관계를 원만하게 이룰 수 있게 만든다. 사업도 가정의 평화로운 분위기 안에서 번창할 수 있는 것이다. 하지만 단순히 성관계를 자주 가진다고 해결되는 것도 아니다. 서로 만족할 수 있는 성관계가 되어야 한다. 일주일에 1~2번 성관계를 갖는 아내가 불륜을 생각하는 이유는 무엇인가. 남성과 달리 여성의 성적 욕망이나 흥분, 만족, 또는 오르가즘은 상대방과 어떤 관계를 맺는지에 따라 다르다. 즉 관계의 질에 의해서 좌우된다. 성적으로 흥분하고 만족을 얻는 본질이 여성과 남성이 상당히 다르다.

남성은 성행위를 과업으로 생각해 운동 경기처럼 최선을 다하지만, 여성은 성행위를 그런 식으로 바라보지 않는다. 여성에게는 성행위의 결과, 쾌감을 얻었는가에 초점을 맞추지 않고 일상생활의 연장선에서 이루어지는 삶의 일부로 여긴다. 그래서 성행위 중에 여자가 흥분했기 때문에 자신의 할 일을 다 했다고 생각하면서 곧바로 코를 골고 자버리는 남성의 모습에 무척 실망을 느낀다. 실제로 여성이 성적으로 흥분이 잘 되지 않을 경우 그 내막을 살펴보면 남성이 아내에게 대하는 태도와 관련되어 있는 경우가 대다수다. 평소 남성에게 실망하여 아무런 기대를 걸지 않고 살아가는 여성은 어지간해서 그 남자와 관계를 가지면서 성적 흥분을 경험하지 못한다. 또한 부분적으로 잘 대해 주지만 종종 큰 실망을 안겨주었던 남성과 살아가는 여성은 '더 이상 상처를 받지 않고 잘 살아갈 수 있을까' 하는 복잡한 생각으로 가득 차 있어 자극을 받더라도 감각적으로 더디게 반응한다. ·

그 반대의 경우도 가능하다. 평소에 별다른 불만이 없는 남성과 살아갈 때 두 사람이 함께 밤을 보내야 할 상황이 머릿속에 그려지기만 해도 흥분해 버린다. 하물며 두 사람이 서로 포옹을 하기 시작했을 때는 어떻겠는가.

예를 들면 집에서 칭찬이나 격려가 없던 여자가 제비족에게 걸려 사모님 소리를 들으며 칭찬을 듣게 되면 가출해 버리는 일이 벌어지게 된다. 이를 쉽게 표현하면 여성은 마음의 문을 열면 신체적인 반응이 뒤따르게 되고, 마음의 문을 열지 않을 경우 신체적인 자극에도 닫혀 있다는 뜻이다. 다시 강조하지만 여성의 마음은 상대방을 어떻게 평가하고 있는가에 달려 있다. 평소에 불만이 없는 남성이라면 좋고, 또 불만이 있던 남자라도 더 이상 힘들게 하지 않는다는 믿음을 주는 관계를 유지해야 한다. 남성들은 성행위라는 것이 일상적인 관계, 생활의 연장선상에 있음을 유념해야 한다. 평소에는 무심하다가 성행위를 할 시점에만 이르러 여자를 위해서 열심히 노력하는 남성은 여성의 눈에는 이기적으로밖에 보이지 않는다.

평소에 자신을 동등한 인격체로 이해해 준 남성에게 여성은 쉽게 마음의 문을 연다. 그런 남성은 성행위를 남성이 리드해 나가는 것만으로 생각하지 않고, 상대방 여성도 능동적이고 적극적으로 참여하도록 유도해 성적 흥분이나 만족의 수준을 높여주기 때문이다. 또 그런 남성은 서두르지 않기 때문에 발기가 되자마자 바로 성교를 시작하는 것이 아니라 여유를 갖고 상대방에게 느낌을 전달하는 전희를 충분히 시도하며, 성행위가 끝난 후에도 성의껏 후희의 즐거움을 나눌 줄 안다.

여성은 여유가 있는 그런 남성을 상대할 때 흥분과 만족의 수준이 높아진다. 이를 달리 표현하면 전희나 성행위를 시도하는 과정에서 부드러움과 따뜻함을 감지할 수 있는 촉각적인 자극을 아끼지 않는 남성에게 여성은 후한 점수를 준다. 예를 들면 성행위를 단순히 성기 접촉의 행위로만 여기지 않고 손이나 입으로 자극을 전달할 줄 아는 남성을 선호한다.

병원에는 부부가 서로 대화로 자신이 원하는 것을 말하지 않고 고민하다가 방문하는 사람들이 많다. 성은 부끄러운 것이 아니다. 부부 간에는 부끄러움의 옷을 벗어던지고 에덴의 축복을 누려야 한다.

그녀의 신음소리

과업 중심적인 남자들은 성관계도 과업의 일환인 듯 처리한다. 바람을 피우다가 심장마비로 죽으면 '복상사'라고 하지만 집에서 아내와 관계하다가 심장마비로 사망하게 되면 순직했다고 하는 유머도 있듯이 말이다. '오늘 밤 끝내주겠다', '오늘은 나의 모든 걸 보여 주겠다', 이런 마음을 갖고 전투에 임하다가 자신의 무기가 중간에 죽어 버리거나, 도중에 발사되거나 해서 아내가 만족하지 못하는 경우, 적군에 포로가 된 것처럼 고개 숙인 남자가 된다.

아내가 흥분되어 신음을 내고 오르가즘에 도달해서 몸을 부르르 떨기라도 하면 남자는 개선장군처럼 의기양양하게 고개를 쳐든다. 한번 승리를 맛본 사람은 계속해서 승리할 수 있지만, 이긴 적이 없는 장수는 싸울 때마다 긴장하고, 그럴수록 무력감에 빠지게 되어 계속해서 고개를 숙인 장수가 된다. 이기고 지는 것은 자신의 무기와 무술에도 약간의 책임이 있지만 상대에 따라 싸움의 승패는 결정이 난다. 지혜로운 아내는 칼을 잘 쓰지 못하는 남편과 성관계를 할 때 신음을 내며 남편의 무기가 시들지 않게 격려하려 애를 쓴다. 과업을 잘 완수하고 있는 줄 아는 남편은 긴장에서 해방되고 싸움에서 승리하게 된다. 골프나 테니스나 모든 운동은 긴장을 풀고 힘을 빼야 잘할 수 있듯이 성관계도 긴장을 풀어야 발기가 잘 된다. 긴장을 하면 혈관이 수축해 해면체로 가는 혈관을 막아 발기부전이 되는 것이다.

'남자는 여자하기 나름이에요'라는 어느 광고 문구가 아니더라도 남자는 여자하기 나름이다. 성관계 도중 발기가 죽거나 사정이 빨라 풀이 죽어 있는 남편에게 "당신 잘 하는 게 뭐 있어. 돈을 잘 벌어, 밤일을 잘 해. 아이고, 내 팔자야." 하고 타박한다. 이렇게 되면 남자는 싸움에 나갈 수 없고 군복을 벗어야 한다. 결국 제대로 칼을 쓰지 못하게 돼 서서히 명예퇴직을 준비하게 된다. 대신에 "오늘 피곤한 모양이니 다음에 잘 합시다." 하고 격려하면 다음에는 칼춤을 추며 적군들을 모두 베어버릴 기세로 달려들 것이다.

흥분해도 신음을 참는 경우, 남자는 과업 완수를 알 길이 없어 계속 싸울 수 있는 에너지를 얻을 수 없다. 옆방에 시부모님이 계실 때, 아이들이 잠을 안 자고 있을 때 신음을 내기 힘들다. 이런 경우는 가끔

야전에서 전투를 하는 것이 싸움에서 승리할 확률이 높다. 교외로 드라이브를 나가 외식을 하면서 펜션이나 모텔에서 하룻밤을 보내라. 집에서는 오르가즘에 도달하지 못해도 밖에서는 마음이 열려 승리의 합창이 들릴 것이고 모든 스트레스는 사라질 것이다. 자신이 음란하다고 생각될까봐 신음을 억지로 참는 여자도 있다. 좀 더 인생을 즐겁고 행복하게 즐기기 위해서는 풍악을 울려야 한다. 남편은 당신을 절대로 음란한 여자로 여기지 않는다. 자신의 과업을 잘 완수하고 있다고 믿으며 이 믿음을 바탕으로 사업에서도 창조적으로 에너지를 쏟을 것이다.

남편을 장악하기 위해서 신음을 참는 여자도 있다. 신음을 내면 남편에게 정복당했다고 느끼기 때문에 흥분해도 눈을 부릅뜨고 입술을 깨물며 참는 여자가 있다. 이것은 처음부터 목적이 잘못된 것이다. 남편의 권위를 세워 주고 힘을 주기 위해서도 신음을 내며 돕는 역할을 해야 한다. 그렇게 한다면 성관계는 좀 더 자연스러워지고 부부간에 친밀도가 높아지게 될 것이다. 부부가 몸과 마음과 영이 하나가 되어야 자녀들도 정서적으로 안정되기 때문에, 특히 성관계에서 기술적인 요소는 중요하다. 남자는 별거 아니다. 자신을 인정해 주고, 칭찬해 주면 힘껏 살아나는 존재가 남자다. 반면에 여자는 다루기 힘든 유리그릇과 같다. 살살 다루고 어루만지지 않으면 쉽게 깨진다. 여자의 성감대는 마음이기 때문에 마음이 열리지 않으면 오르가즘에

장미꽃 한 송이를 주며 "오늘 당신은 너무 아름답다."고 고백하라.
그리고 아내의 말을 한 시간 이상 경청하라.

도달하지 못한다. 오늘 밤 싸움에서 승리하려면 외식을 하고 장미꽃 한 송이를 주며 "오늘 당신은 너무 아름답다."고 고백하라. 그리고 아내의 말을 한 시간 이상 경청하라. 그러면 오늘은 승리의 함성이 들리는 멋진 결과를 얻게 될 것이다.

오럴 섹스와 변태

결혼한 지 6개월 된 아내가 남편이 구강성교(oral sex)를 원했다는 이유로 가출해 이혼 수속을 밟고 있다. 이혼 사유는 남편이 변태 성욕자이기 때문이란다. 남편은 '자신이 변태 성욕자가 아니다' 라는 진단서를 받으러 병원에 내원했다. 나는 '지극히 정상' 임을 증명하는 진단서를 첨부해 주었다.

10년 전 결혼한 40세의 남자는 아내가 구강성교를 원하지 않아 부인과 성관계를 하지 않고 외도를 했는데 성병이 의심되어 병원을 자주 찾는다. 우리 남성 의학에서는 흔히 변태라는 용어는 사용하지 않고 비정형화된 섹스라는 말을 사용한다. 부부간의 섹스 중에서 비정형화된 것은 항문 성교와 생리 중에 하는 성교 이외에 부부가 동의하는 경우에는 모든 것이 정상적인 범주에 들었다고 보아야 한다.

생리 중에는 많은 세균들이 생리 혈 가운데 포함되어 있어 남자가 감염의 확률이 높다. 여성도 방광염의 위험이 높다. 항문 성교를 할 시에 여성의 항문 주위에 손상을 줄 뿐만 아니라 장에 있는 대장균이 비뇨기를 오염시켜 염증을 일으키기도 한다. 대장균이 대장에 있을 때는 아무 문제가 없다. 하지만 요도나 방광, 신장 염증의 80%가 대장균이 원인이다. 생리 중에 하는 섹스와 항문 섹스는 의학적으로도 해서는 안 되고, 성경에서도 금하고 있다.

부부는 흥미로운 성관계를 하기 위해서 서로 노력해야 한다. 그렇게 하면 신혼 초보다 40-50대의 성 생활이 더 재미있고, 따라서 인생도 더욱 활기차고 즐겁게 변할 수 있다. 한 번뿐인 인생을 이렇게 성적인 무지로 신음하며 이혼하는 경우를 종종 본다. 구석기 시대부터 남자는 사냥을 해서 먹을 것을 준비했다. 지금도 결혼을 해서 돈을 벌고 가족을 먹여 살릴 책임이 남자에게 주어진 것을 당연하게 여긴다. 반면에 여자는 과업보다는 관계 중심이라 궁핍하더라도 남편이 가까이서 사랑해주면 가정에 평화가 유지된다. 남자들이 성기의 크기와 발기, 사정하는데 걸리는 시간에 큰 관심을 갖는 것은 아마도 이런 과업 지상주의와 관련이 깊다. 사실 여자의 입장에서 삽입해 오래 성관계를 갖는 것이 반드시 좋은 것만은 아니다. 여자에게 고통만을 안겨주는 행위가 될 수 있음을 남성들은 모른다.

손이나 혀를 이용해 몸의 구석구석을 어루만진다면 삽입해 1분 안에 오르가즘에 도달할 수도 있다. 사정한 후에도 가벼운 애무를 하면서 대화를 주고받을 때 성기 크기와 조루증에 관한 염려를 날려 버릴 수 있다. 여성은 항상 오르가즘을 느끼는 것도 아니다. 오르가즘의 도달 여부보다는 누구와 사랑스런 성관계를 가지느냐에 더 흥분한다. 평소에 사랑의 언어를 주고받는 친밀한 부부 사이라면 여자를 만족시키는 데 큰 문제는 없으리라 본다.

이러한 과업에서 해방되는 길은 아내가 리드를 하는 것이다. 어쩌면 구강성교는 이런 과업에서 해방되는 시간인지 모른다. 이 시간은 잊었던 어머니의 가슴에 안겨 젖을 먹던 기억으로 돌아가는 시간이고, 고향의 푸른 잔디에 누워 있는 시간이고, 일에서 해방되는 시간이며, 인생에서 극히 짧은 안식의 순간이 된다. 입으로 애무해 주는 아내는 남편을 편안하게 쉬게 해 주는 위로자요 반려자요 사랑이 넘치는 배우자임을 느끼게 한다.

일을 할 때에는 에너지를 공급하고 흥분과 활력을 유지해 주는 교감신경(sympathetic nerve)이 필요한 데 반해, 과업이 배제된 성행위는 마음을 진정시키고 흥분과 발기를 가능케 해주는 부교감신경이 작용한다. 유감스럽게도 이 두 체계는 동시에 작용할 수 없다. 어느 한 쪽이 멈추어야만 다른 쪽이 가동하는 것이다. 그래서 스트레스는 성적 만족을 방해하는 가장 큰 장애물이다. 교감 신경을 잠시 정지시킬 줄 모르는 일중독에 **빠져** 있는 남성은 발기불능이 될 수 있다. 스트레스를 받게 되면 교감신경이 활성화되어 아드레날린의 분비가 증가되고, 해면체로 가는 혈관이 수축돼 발기력에 장애를 받게 된다.

성생활에서 구강성교, 특히 남자가 받는 애무는 반드시 필요하다. 모든 스트레스에서 해방되는 순간을 사랑스런 아내가 선뜻 내줄 수 있다. 아내가 이것을 알게 되면 부부의 성생활 중 절반은 성공한 셈이지만 정작 구강성교에 대해서 아는 여자는 많지 않다. 부정적 성교육을 받았거나, 완고하고 보수적인 기독교 집안에서 자란 여자들은 구강성교를 기피하는 경향이 있다.

남자는 원하고, 여자는 그러한 남편을 짐승처럼 여긴다면 문제가 생길 게 뻔하다. 남자는 다른 여자를 찾기 시작하게 될 것이고, 여자는 이혼할 준비를 하게될 지도 모른다. 이것을 알게되면 우리나라의 성 매매와 불륜은 반 이상 줄어들지 모른다. 잘 몰랐다면 지금부터 시작했으면 한다. 남자가 요구하기 전에…… .

크기를 논하지 말라

자신의 성기가 작다고 생각해서 병원을 찾는 사람이 많다. 10대에서 60대까지 연령층도 다양하다. 60세가 넘은 어떤 이가 죽어서 입관을 할 때 자신의 작은 성기가 노출되는 것이 창피해 내원하기도 한다. 이런 사람은 60세가 넘도록 공중목욕탕에 간 적이 없는 사람이고, 결혼도 하지 않은 사람이 대부분이다. 결혼해서 아내를 행복하게 해주지 못할 것이란 생각에 사로잡혀 있는 것이다. 청년들도 목욕탕에 가지 않고 혼자 집에서 샤워하다가 군대에 가게 되면 자신의 성기가 노출되는 것에 두려움을 갖고 찾아온다.

30, 40대 사람들은 아내가 2~3명 자녀를 출산한 후에 질이 너무 헐거워져 성관계의 재미가 없어진다고 하는데, 이것은 남자의 성기를

키워서 해결될 문제가 아니라 늘어진 아내의 골반근육(p-c 근육)을 수축시키는 운동을 해야만 해결될 수 있다. 가장 좋은 방법은 질의 수축력을 높이는 운동을 하는 것이다. 이것이 소위 말하는 케겔 운동이다. 소변 중에 일시적으로 배뇨를 중지하기 위해서는 이 p-c 근육에 힘을 주게 되는데 바로 p-c 근육이 질의 수축력과 직접 관련이 있다. 케겔 운동으로 이 근육의 탄력성을 강화시킬 수 있는 것이다.

남자들은 크고 강한 것에 집착하는 경향이 있다. 김두한이나 시라소니의 신화를 동경하면서 자신도 주먹이나 발길질을 한다. 흔히 다른 이에게 약함을 보이거나 '작다' 라는 것이 노출되면 수치심에 어쩔 줄을 몰라한다. 한 40대 남자 환자는 "아내가 자신의 성기가 작다고 말한 적이 있다."는 이유 때문에 이혼했다고 말했다. 이것만 보아도 남자들이 자신의 성기 크기에 얼마나 예민하게 반응하는지 알 수 있다.

아내가 "당신 성기가 작은 것 같다."라는 한 마디가 발단이 되어 7년이나 감옥살이를 한 남자도 있다. 결혼한 지 7년쯤 된 어느 날 밤 그의 아내는 성관계를 하고 난 후 아무 생각 없이 남편의 성기가 작다고 말했다. 남편은 이 말에 충격을 받았고, 다른 여자도 같은 생각인지 확인하기 위해서 여러 여자와 관계를 가졌다. 그것이 습관이 되어 중독이 되었고 급기야는 강간으로 감옥까지 가게 된 것이다. 출소하자마자 병원에 와서 성기를 크게 하기를 원하는 것만 봐도 7년 동안 성기 크기에 대한 집착 때문에 얼마나 삶을 낭비했는지 알 수 있다.

우리는 독특하게 창조된 하나밖에 없는 귀한 존재다.
자유와 해방과 기쁨으로 충만한 삶을 살기 위해 태어났다.

돈과 명예를 얻기 위해 애쓰는 것도 자신이 크게 보이려는 발버둥치는 것에 지나지 않는다. 오늘도 자신의 성기가 작다고 63세의 환자가 내원했다. 공중목욕탕에 간 적이 없고, 결혼하지 않은 채 살아 왔다고 한다. 지금까지 열쇠를 고치면서 어렵게 살아온 이분은 죽은 후에 자신의 시신을 많은 사람이 볼 텐데 그때 자신의 성기가 크게 보였으면 좋겠다며 고민을 털어놓았다. 확실히 그분은 성적 열등감에 사로잡혀 있었다. 이런 사람들은 아무리 성기를 크게 한다고 해도 만족하지 않을 것이다. 무조건적으로 크기에 집착하는 것 역시 병적이다. 병원에서 시술을 거부하게 되면 자신들이 집에서 직접 바셀린 등으로 고치려다가 성기를 아주 망치는 경우가 발생한다. 그런 모습은 가끔 목욕탕 등에서 볼 수 있다. 성기가 크다고 다 좋은 것은 아니다. 오히려 성생활에 도움을 주지 못하고 아내의 자궁 질환을 야기할 수 있다. 부인과 질환의 많은 부분이 남자의 성기가 크고 성관계시 깊숙이 삽입하는 데서 발생한다.

　실제로 그 환자의 성기는 작지 않았다. 성장 과정에서 열등감과 수치심이 자신의 성기 크기에 고착된 경우에는 아무리 성기가 커도 작다고 생각하게 된다. 자신의 성기를 내려다보면 실물크기보다 작게 보이기 때문에 그 환자의 성기가 작지 않다는 것을 보여 주기 위해서 거울 앞에서 나와 그 환자가 바지를 내리고 성기 크기를 비교했다. 자신의 것이 작지 않다는 것을 확인한 환자의 얼굴빛이 환하게 빛났다.

남자의 뇌 속에는 온통 섹스로 가득 차 있다. 인정받으려는 마음으로 가득한 반면에 여자의 뇌는 그저 함께 있고 싶은 마음으로 가득하다. 이 생리적인 기질은 대통령에서부터 노숙자에게까지 동일하다. 섹스 중독 환자들이 300만 명으로 추산되고 있는데 이 중에 70% 이상이 성적 열등의식을 갖고 있는 사람들이다. 부모로부터 위로와 격려, 인정을 받지 못하고 자란 사람들이 수치심과 죄책감에 사로잡혀 있는데, 이들 가운데 성적 열등감을 갖게 된다. "이것도 성적이라고 가지고 왔냐.", "나가 죽어라.", "네 형을 좀 봐라. 넌 잘 하는 것이 뭐냐.", "너만 태어나지 않았더라도……." 이런 말을 듣고 자란 남자들은 성적 열등감을 갖기 쉽다. 자신이 갖고 태어난 외모나 능력을 다른 사람과 비교당하면서 자란 사람들은 정상적인 대인관계를 갖지 못한다. 따라서 정상적인 가정을 꾸리지 못하며 정상적인 성관계도 하지 못한다. 스스로 무거운 짐을 지고 비교당하면서 기쁨을 경험하지 못한 채 어둠에 끌려 다닌다.

가끔 신문지상에 보도되는 성추행 살인 사건도 대부분 이런 사람들에 의해 자행된다. 부모와 자신에 대한 분노가 사회적 분노로 표출되고 범죄로까지 이어진다. 우리는 독특하게 창조된 하나밖에 없는 귀한 존재다. 자유와 해방과 기쁨으로 충만한 삶을 살기 위해 태어났다. 자신의 독특함을 사랑할 때 한 번뿐인 인생에서 무거운 짐을 내려놓을 수 있다. 또한 삶을 풍요롭고 기쁘게 살 수가 있는 것이다.

발기부전

발기가 잘 되지 않아서 방문하는 사람들의 대부분은 직업적으로 과로와 스트레스를 많이 받는 사람들이다. 예를 들면 회사의 CEO, 사업을 여러 곳에 벌여 놓은 사람들, 24시간 영업하는 노래방이나 슈퍼주인들처럼 긴 노동 시간에 노출된 사람들이 포함된다. 사람이 잠을 충분히 자지 않으면 발기가 제대로 될 수 없고, 발기가 제대로 되지 않으면 그 자체가 큰 스트레스로 작용해 발기 장애가 더욱 심해진다. 긴장하면 우리 몸에서 아드레날린이 분비되어 해면체로 가는 혈관을 막아 발기가 안 되는 것이다.

얼마 전 발기가 전혀 되지 않아서 내원한 떡집을 경영하는 분이 계셨다. 얼굴에는 피곤한 기색이 역력하고 눈은 거의 감겨 있었는데,

한 마디로 잘 나가는 떡집을 운영하고 있었다.

"6개월 전까지는 새벽에 성기가 일어나 문안 인사를 했는데, 이제는 일어나지도 않고, 깨워도 아무 반응이 없는 아주 버르장머리가 없는 놈으로 변해 버렸습니다. 어떻게 하면 이 버르장머리를 고칠 수 있을까요?"

비뇨기과에 오는 사람들은 쑥스러움을 이렇게 유머 있게 표현하는 사람들이 많다. 떡집을 한 지가 4년이 되었단다. 자리가 좋아 장사가 잘 되는 것은 바람직한데 주문 시간을 맞추기 위해 하루에 3시간 이상 자본 적이 없다는 것이 문제였다.

"잠이 그렇게 부족하면 누구도 발기가 될 수 없습니다."

나는 잠을 편안히 잘 수 있는 방법을 생각해 보라고 일러주었다. 검사결과 성기는 해부학적으로 전혀 이상이 없었다. 몇 개월 후 밝은 표정으로 떡 한 봉지를 들고 오셨다. 떡집을 장사가 좀 안 되는 곳으로 옮겼더니 잠을 충분히 잘 수가 있었고, 서서히 발기가 되더라는 것이다.

"돈보다는 가정의 행복과 삶의 질이 중요하다는 것을 알았습니다. 고맙습니다."

어제는 먹고 놀면서 성관계만을 하는 성 중독자가 왔다. 월요일부터 토요일까지 상대를 바꿔가면서 성관계를 가지는데, 유산으로 물려받은 돈이 많아서 일은 안 하고, 골프 치고, 헬스 하고, 성관계를 갖는 것이 삶의 전부였다. 그러면서 왜 사는지 모르겠다며 괴로워한다. 일에 시달려 과로하는 것도 해롭지만, 생산적이고 창조적인 일을 전혀 하지 않는 것도 몸과 마음의 건강에 해롭다. 이렇게 성관계를 계속하면 결국은 영원히 발기부전이 올 것이 뻔한데, 사람은 적당히 일한 다음 쉬도록 만들어졌기 때문에 게으름도 발기부전의 원인이 된다.

이 두 사람을 보면서 나에게 필요한 것이 무엇인지 깨달음이 있었다. 적당한 노동과 쉼. 과욕을 부리거나 남들과 비교해가며 더 많은 환자를 진료하기 위해 애쓰지 말 것, 환자가 없어 근심하며 몸이 망가지는 일이 없어야 하겠다. 그렇지만 살만하다고 아무 일도 안 하고 놀아서는 더더욱 안 되겠다. 환자가 없으면 그런대로 감사하게 병원을 도서관 삼아 출근하면 그만이다. 간간이 방문하는 환자에게 충분한 시간을 들여 친절하게 진료하는 의사가 되어야겠다고 생각한다. 가난하지도 부유하지도 않은 현재가 고맙다. 적당히 환자를 볼 수 있고, 아직까지 아픈데 없이 건강하니 또한 감사하다.

욕망은 끝이 없다. 그 늪에 빠지면 행복은 날아가 버린다. 빈손 왔으니 빈손으로 돌아가는 공평한 질서가 여기 있다. 행복은 마음에 있다. 생각하기 나름이다.

혼전 순결

병원에는 10대와 20대 초반에 해당하는 청춘 남녀가 성병을 의심해서 찾아오는데, 이들 상당수는 사귀는 애인과 성관계를 맺은 후 찾아온다. 10년 전에는 대부분이 성매매를 통해 성병이 걸렸지만 요즘은 참으로 많이 변했다.

"그 친구와 결혼할 것이냐?" 하고 물어 보면 남자들은 대부분 "글쎄요."라고 답한다. 여자들은 "하도록 해야죠."라고 대답한다. 요즘 청춘 남녀들은 성관계와 결혼을 분리해서 생각하는 경향이 있다. 미혼모가 늘고 있고, 청소년의 낙태도 증가하고 있다. 남자와 여자의 성 생리는 근본적으로 다르다. 남자는 남성호르몬(테스토스테론)의 영향으로 성적으로 흥분시킬 준비가 되어 있으면 생리상 성욕을 제어

할 장치가 없다. 혼전 성관계는 청년들의 참을 수 없는 성충동 때문에 일어난다.

혼전 성관계의 피해자는 여성인데 비단 임신이나 낙태의 위험만을 떠안는 것이 아니다. 한번 성관계를 한 후에는 보통 남자의 경우 상대에 대한 신비감이 없어지고 미래에 대한 부담감을 갖게 되어 떠나게 된다. 남자가 떠나지 않게 하기 위해 남자의 요구대로 몸을 허락했던 것인데 결과는 반대로 일어난다. 성관계 후 떠날 준비를 하는 남자와 사랑을 구걸하는 여자가 있게 마련이다. 남자가 떠난 후 여자는 자존감이 떨어지게 되고, 다른 사람을 만나도 그 사람에게 끌려가게 된다. 어느덧 부당한 대우를 받아도 당연하다고 느끼게 되며 그 관계를 청산하지 못하는 일종의 사람에 대한 중독 관계에 빠질 수 있다. 특히 사랑받지 못하고 자란 여성이라면 더욱 조심해야 하는 이유가 바로 이 유혹에 빠질 위험성이 높기 때문이다. 남자와의 성관계가 곧 사랑받는 것이라고 착각하기 쉽다.

여자들의 이 유혹은(성관계를 갖고자 하는) 성장 과정에서 채울 수 없었던 욕구를 채우고자 하는 것이다. 자녀들에게 당부해야 할 것은 데이트를 처음 시작할 때 이 점을 서로 다짐하고 절제하도록 힘써 성공적인 결혼 생활을 영위할 수 있도록 노력하라는 것이다.

요새 젊은이들은 혼전 순결에 대해 얘기하면 나를 외계인처럼 생각하고 박물관에 보내야 한다는 눈으로 바라본다. 스탠퍼드 대학에서

"사랑은 오래 참고 모든 것을 바라고 모든 것을 견디느니라."
여기에 아름다움이 있다. 여기에 평화와 안식이 있다.

연구한 바에 의하면 우리의 감각 중에서 정보를 받아들이는 통로는 시각이 85%, 청각이 12%라고 한다. 우리를 둘러싼 환경에 자신도 모르게 지배를 받아 의식의 노예 상태에 놓이게 되는 것이다. 말초적이고 충동적일수록 그 영향은 빠르고 크다. 컴퓨터나 텔레비전에서 우리가 지속적으로 받는 시각적인 성적 충동과 이혼과 불륜을 미화하는 TV 드라마의 영향 또한 크다. 임신과 성병 예방을 강조하지만, 혼전 순결에 대해서 침묵하는 학교에서 행하는 성교육도 문제가 된다. 하지만 기성세대가 전혀 죄의식 없이 행하고 있는 성적 타락과 그로 인한 이혼과 별거 등 가정의 붕괴가 혼전에 행해지는 성적 문란의 근본적인 원인임을 부정할 수 없다.

나는 군부대나 학교에서 청년들에게 성에 대해 강의할 기회가 많은데, 그들의 반응에 관계없이 혼전 순결에 대해 강조한다. 그들의 반응이 차가운 것은 그들 안에 죄의식이 있기 때문이라고 믿는다. 이렇게 충동적으로 젊음을 보내고, 결혼하고, 새로운 삶을 만들겠다고 하지만 도박에 중독이 된 사람이 도박을 끊을 수 없듯이 그들은 유혹에 쉽게 빠지고 만다. 결혼 초에는 그런대로 잘 지낼지 모르지만 임신과 출산 등 성생활에 문제가 생기면 성적 충동을 참지 못하고 불륜으로 가기 쉽다.

우리 인간의 뇌는 신 피질과 구 피질로 되어 있는데, 구 피질은 충동을 받아들이고 신 피질은 그것을 컨트롤하고 절제하는데 영향을 미친다. 우리가 충동을 절제하지 않고 받아들이게 되면 신 피질은 마비되어 집중력 장애가 갖게 된다. 이것은 창조력의 결핍과 생산력의 장애를 가져와 결국 개인이나 가정이나 국가가 망하게 되는 것이다.

부부 사이는 순결해야 한다. 친밀하고 낭만적이고 감각적인 사랑이 회복되어야 한다. 생리적이고 충동적인 것보다 절제와 인내와 책임을 동반한 사랑이 필요한 때다.

"사랑은 오래 참고 모든 것을 바라고 모든 것을 견디느니라."

여기에 아름다움이 있다. 여기에 평화와 안식이 있다.

중년의 위기

40대 중반을 넘긴 사람들을 중년에 접어들었다고 할 수 있다. 남자들은 사회적으로는 퇴직의 압박을 받고 있고, 신체적으로는 여러 가지 질환이 발생하는 시기이기도 하다. 중년의 문제라고 하면 여성의 문제를 더 심각하게 받아들이기 쉽지만 여성 못지않게 남성의 경우에도 각종 신체적, 심리적, 사회적 변화를 겪곤 한다.

먼저 신체적으로는 남성호르몬의 감소로 인해 중추신경계를 불안정하게 만들어 각종 스트레스에 민감해지기 쉽고 불안, 우울을 자주 경험하게 된다. 남성의 경우에는 그 작용이 급격하지 않고 정도도 여성에 비례해서 적은 것으로 알려졌으나, 남성호르몬의 감소는 분명 성욕 및 성기능 저하를 유발하고 전립선 비대증으로 인한 소변 줄기도 약해져 중년의 남성을 의기소침하게 만든다.

많은 중년기의 남성들이 정력에 좋다는 음식에 심취하고 있다. 근거 없는 정력제를 섭취하는 것도 이 때문이다. 그 외에 심각하게 받아들이는 것이 노화의 진행 속도이다. 젊은 시절의 매력은 온데간데 없이 사라져 버린다. 배가 나오고, 허리가 굵어지고, 피부의 탄력이 떨어지고, 머리가 빠지면서 하얗게 변하여 급격하게 늙어가는 슬픈 중년을 만든다.

체력도 예전같이 않아 피로에 쉽게 지치게 된다. 각종 기능의 저하를 경험하게 되는데, 많은 성인병(고혈압, 당뇨, 전립선비대, 골다공증, 퇴행성관절염)이 나타나기 시작한다. 병까지는 아니더라도 여러 가지 증상에 시달리게 되는 것이다.

바깥으로만 향하던 마음이 가정으로 돌아오지만, 집에는 폐경을 앞두고 호르몬의 변화로 우울하고 감정기복이 심한 아내와, 훌쩍 커서 제 갈길을 찾아 독립하려는 아이들을 보며 허전한 마음으로 외로움을 느끼는 시기이기도 하다.

성격의 변화도 나타나게 되는데, 바깥일에만 관심 있던 사람이 갑자기 가정적이 되기도 하고 이와 반대로 내향적인 사람이 갑자기 외향적으로 변하기도 한다. 이는 물론 신체적 변화와 심리적 변화에 따른 2차적인 증상의 경우이지만 이때 주위 사람들이 당혹해할 때가 많다. 따라서 가족 간에 갈등이 나타나기도 한다.

사회적 변화로서는 직장의 경우 중간 관리자로서, 또는 명예퇴직이 가까워지면서 이직이나 전직을 고려해 보기도 하고, 마음이 급한 나머지 대박을 터뜨려 한몫 잡아야 한다는 강박관념에 사로잡히기도 한다. 가정에서는 직장에서의 스트레스가 해소되기를 바라지만, 집에는 우울한 부인과 세대 차이를 느끼는 자식밖에 없어 집에 가는 것이 두려운 귀가 공포증에 시달리기도 한다. 소외된 마음을 달래고, 자신의 젊음과 능력을 확인하고 싶어 갑자기 근육강화 훈련을 하기도하고 멀쩡한 차를 스포츠카로 바꾸기도 하고 심지어 바람을 피우는 등 과잉보상의 행동을 보이기도 한다.

자신의 성 기능에 대해서 열등감을 가지고 있는 사람이 성적인 능력을 확인받기 위해 외도를 하기도 한다. 젊었을 때 친밀하게 부부관계를 해온 부부들은 중년의 위기를 가볍게 넘기지만 평소 부부 사이에 갈등의 골이 깊어 성관계가 원만하지 못했던 섹스리스 부부인 경우에는 외도의 위험성이 높다. 친밀한 부부관계를 해온 여성은 폐경 후에도 성적 흥미나 관심이 지속된다. 규칙적인 성관계는 여성호르몬을 증가시켜 여성의 심장병을 방지하며 질 점막을 부드럽게 하여 더욱 출중한 성생활을 기대할 수 있게 한다.

중년의 성생활은 삶의 질을 개선시킨다. 심신에 활력을 주고 장수하는 비결이 되는 것이다. 인습의 틀을 허물기만 하면 새로운 세상이 열린다. 성관계를 기피하는 여자의 문제는 신체가 아니라 머리에 존재한다고 하겠다.

우리 병원에 오시는 40대 후반의 남자들(지금까지 뒤돌아보지 않고 가족만을 위하여 뛰어 다녔던 사람들)이 다른 여자와 성관계를 갖기를 원하는 또 다른 이유는 무엇일까.

자신은 최선을 다한다고 생각하며 뛰어다녔지만 정작 자녀들과 아내는 꿈에도 그렇게 생각하지 않았다. 오히려 가장이 본인만을 위해서 살았다고 느낄 수 있다. 그렇게 남편을 향해 차갑게 대한다. 여기서 가장은 배신감을 느끼고 외도를 생각하는 충동에 사로잡히게 된다.

"다 필요 없다. 이제부터 내 마음대로 살겠다."

남자들은 돈만 벌어다주면 아버지와 남편 노릇을 다했다고 생각하지만, 아내와 자녀들은 함께한 시간이 없으면 좋은 남편으로서, 아버지로서 인정하지 않는다. 이것을 뒤늦게 깨달은 남편들은 "내가 술 먹고 늦게 들어가는 바람에 가족들과 함께 보낸 시간이 없었다."고 후회하며 차갑게 돌아선 아내와 자녀들의 마음을 돌리기 위해 노력하기도 한다. 그리고 생활의 패턴을 바꿔 일찍 들어가 자녀들과 대화의 시간을 갖는다. 사랑의 표현으로 안아 주고, 진심으로 미래에 대해 걱정해 주고, 용납하고, 참아주기 시작하면 다시 활기가 넘치는 화목한 가정을 이루며 살게 될 것이다. 그러나 그러한 가정은 그리 많지 않다. 더욱 쉽게 위로를 구할 수 있는 방법을 택하려 든다. 그래서 외도를 생각하고, 바람을 피우더니, 급기야는 이혼에까지 이르게 된다.

간혹 집안에 아무런 갈등도 없지만 중년 남자에게서 이유를 알 수 없이 다른 여자에 대한 성적 호기심이 발동하는 경우가 있다. 그것은 자신이 늙어가는 것에 대한 저항, 일종의 몸부림일 수 있다. 죽기 전에 좀 더 만족할 만한 멋진 성관계를 갖고 싶은 충동이 있는 것이다. 지금까지 아내와의 관계는 친밀감도 없었고, 아내의 반응에 만족한 적이 없었던 부부의 경우는 더욱 그렇다.

어느 중년 남자의 고백이다.

"내가 아무리 열심히 노력해도 아내는 즐거워하는 것 같지 않았어요. 관계가 끝나면 자기의 할 의무가 끝났다는 듯이 차갑게 돌아누웠어요."

남편과 친밀한 대화와 전혀 없이 1년에 3, 4회 성관계를 갖는 여자의 경우도 그렇다. 어떤 중년 여자의 고백이다.

"나는 20년 동안 성적 쾌감을 느낀 적이 없어요. 너무 일찍 끝내고 바로 잠이 들어버리는 남편이 원망스러웠죠. 이젠 잠자리를 피하고 있죠."

이런 경우는 가출이나 황혼 이혼으로 이어질 수 있다. 인생의 후반전인 중년 이후의 삶을 즐겁고 의미 있게 보내려면 결혼 초부터 부부에게 필요한 것들을 배우고 노력해야만 한다. 배워서 알지 못하면 방법이 없다.

무대의 마지막 장을 열정을 다하며 연기하는 노련한 노배우처럼 우리도 인생의 마지막을 재미있게 정리해야 하겠다. 얼굴은 주름 잡히고, 머리는 하얗게 변했지만, 아내와 즐겁게 손잡고 걸어갈 수만 있다면 가장 아름답고 위대한 승리의 인생을 살고 있는 것이다. 중년의 위기는 갑자기 찾아오는 것이 아니다. 끝까지 자신을 희생하는 노력을 하지 않는 한 위기는 항상 가까이에 있다.

황혼의 첫사랑

많은 젊은 여자들이 부부간의 성관계를 젊을 때만 하는 것으로 이해한다. 심지어 60세를 넘긴 나이에 성관계를 하는 것은 주책이라고 생각하기도 한다. 그런 생각을 갖고 결혼하기 때문에 신혼 초에 반짝 성관계를 하다가 자녀들이 태어나면 시들해지기 시작한다. 그러다 아이들이 학교라도 들어가면 자녀에게 매달려 부부관계는 자연히 소원해지고 만다. 그리고 해결되지 못한 성적인 문제로 이혼이나 별거 또는 정서적 이혼 상태가 지속되거나 황혼이혼을 하기도 한다.

병원에 15년째 단골로 오시는 94세 된 할아버지가 계시는데, 어느 날부터 얼굴에 웃음이 사라졌다. 15년 동안 사랑하던 사람이 최근에 세상을 떠났기 때문이다. 15년 전 그 할아버지가 우리 병원에 처음 방문한 것은 발기가 제대로 되지 않았기 때문이었다.

식후 혈당이 200을 넘는 당뇨병환자이거나 고혈압 약을 5년 이상 복용했거나 우울증 약을 계속 먹는 사람들은 나이가 많지 않아도 발기 장애가 올 수 있다. 심한 정신적 충격을 받았거나 피로가 누적되면 나이에 관계없이 발기 장애가 올 수도 있다. 그렇지만 80세 전후의 노인들은 남성호르몬의 결핍과 모든 장기의 기능저하로 발기에 문제가 생긴다. 이런 경우 남성호르몬을 투여하면서 먹는 발기유발제로 발기를 도와주든지 성기에 직접 주사하는 발기유발제를 사용한다. 할아버지는 고령이기도 했지만 아내와 사별한 후 오랫동안 성관계를 하지 않아 발기가 안 되는 것이었다. 사용하지 않은 무기가 녹스는 것과 같은 이치이다.

나는 15년 전부터 할아버지가 방문할 때마다 아름다운 러브스토리를 듣게 되었다. 할아버지는 열일곱이던 학생 시절에 학교의 선생님이었던 스무 살의 일본 여인과 사랑에 빠졌다고 한다. 둘은 국경과 나이와 사제지간이라는 장애를 뛰어넘어 사랑했지만, 내로라하는 선비 집안인 할아버지의 가문에서는 일본 여인, 그것도 헌병대장의 딸을 받아들일 수 없었다. 결국 집안의 반대로 둘은 헤어지고 말았다. 일본에서 공부하고 돌아와 집에서 주선한 여자와 결혼했지만 할아버지는 여전히 그 선생님을 잊지 못하고 있었다. 그러던 중 갑자기 해방이 되었고 선생님과 그녀의 가족들은 미처 피하지 못하고 붙잡히고 말았다. 아버지가 헌병대장이었으니 어찌될 지 뻔한 일이었다. 할아버지는 지역유지였던 부모님에게 호소해 겨우 그들을 구해냈다. 일주일 동안 아무것도 먹지 못해 피골이 상접한 선생님을 부둥켜안고 울면서 일본으로 가는 배까지 배웅해 주었다. 그것이 두 사람의 마지막이었다.

그 후 할아버지는 검사생활을 하며 한 가정의 가장으로 책임을 다하며 열심히 살았다. 각 대학의 산악반을 인솔해 해외원정도 가고 대기업의 명예이사로 신입사원들을 데리고 산행을 하면서 극기훈련을 시키는 등 왕성한 활동을 하면서 보냈다. 사랑하는 선생님이 생각났지만 아내와 자녀에 대한 책임감 때문에 참았다. 5 · 16 전까지는 일본과 국교가 수립되지 않은 상태라 연락할 방법도 없었다. 그러나 5 · 16 후 일본과 교류가 시작되고 할아버지의 친구 한 분이 일본에 교환교수로 가게 되었다. 그때 그 선생님이 친구를 찾아와 할아버지의 근황을 물었다고 한다. 친구는 할아버지의 가정을 생각해서 할아버지가 죽었다고 거짓말을 하였다. 여인은 통곡을 하다가 실신까지 했다고 한다.

또 세월이 흘렀다. 1960년대가 지나갔고 1970년대가 지나갔다. 흑백영화에서 시네마스코프 총천연색 영화가 상영되었다. 새마을 운동이 시작되고 몇 번의 경제개발 5개년 계획이 지나갔다. 할아버지의 아내는 세상을 떠났고 자녀들은 모두 장성하였다. 1980년대가 또 지나갔다. 군사정권이 끝나고 국민의 정부가 들어섰다. 그리고 1990년 대 중반에 이르러 고교졸업생의 모임이 있었다. 선생님은 일본에 거주하는 고교 동창회의 대표로 한국모임에 참석한 후 죽었다는 할아버지의 묘를 찾았다. 그때 비로소 할아버지가 살아있다는 사실을 알게 되었다.

그렇게 두 사람의 길고 아름다운 러브스토리가 시작되었다. 선생님은 결혼하지 않고 할아버지만을 생각하며 긴 세월을 살았다고 한다. 79세인 할아버지와 82세인 선생님은 긴 세월의 강을 뛰어넘어 다시 만났다. 탱탱했던 얼굴은 사라졌지만 두 사람의 눈은 사랑으로 빛났고 불탔다.

나의 병원을 찾은 것은 이즈음이었다. 그들은 3개월은 일본에서, 3개월은 한국의 곳곳을 다니며 사랑을 나누었다. 같이 식사하고 같이 샤워하고 같이 손잡고 산길과 해변을 걸었다. 얼굴을 마주보며 미소 짓고 입술과 볼에 키스를 하였다. 함께 누워서 어루만지고 속삭였다.

"당신은 세상에서 가장 멋진 남자입니다."

"당신은 가장 우아한 여인이오."

귓가에 부드럽게 속삭이며 포옹하고 몸을 섞었다. 15년 동안 하루도 빠짐없이 사랑을 나누었다. 80을 넘긴 할아버지와 할머니는 오르가즘을 느꼈다. 성관계는 육체로 하는 것이 아니라 머리와 마음으로 하는 것을 깨달았다. 몸과 마음과 영혼이 하나가 되어 사랑을 나누며 그들은 이 세상의 어떤 젊음도 어떤 명예도, 그 어느 것도 부럽지 않았다. 온 우주를 소유한 듯 사랑을 속삭였다. 평생 찾고 원했던 것을 얻은 느낌이었다.

무성영화 시대에 느꼈던 사랑은 60년이라는 시간을 초월하여 여전히 동일하고 뜨거웠다. 지난 80년보다 사랑하는 여인과 함께한 황혼의 15년이 할아버지에겐 말로 표현할 수 없는 행복한 시간이었다. 세상이 변했다고 진정한 사랑이 변하는 것은 아니다.

할아버지의 아내는 섹스에 관심이 없었다. 두어 달에 한 번씩 그것도 싱겁게 빨리 끝났다. 적당히 얼버무리는 듯 감동 없는 것이었다. 아내에게 있어서 섹스는 위험하고 못마땅한 것이었다. 열심히 자녀들을 키우는 것이 최선의 삶을 사는 것이라 생각했다. 그녀는 책임감에 꽁꽁 얼어붙어 자신의 감정을 최대한 억누르며 살았다. 할아버지는 가정에 책임을 다하면서도 무언가 또 다른 힘에 이끌려 일상을 깨고 발가벗고 싶은 욕망이 있었다. 사랑하는 여인을 다시 만난 후 할아버지의 삶은 열정으로 가득했고 한 번도 가본 적이 없는 환상적이고 신비한 길을 찾은 것 같았다.

가끔 병원에 오실 때 할아버지의 표정을 보면 세상에 부러울 것이 하나도 없고 미련이 아무것도 남지 않은 모습이었다. 마치 천국을 소유한 듯 보였다. 아내가 죽은 후 20년 동안 사용하지 않아서 발기가 되지 않던 성기는 사랑하는 사람과의 만남을 통해서 살아나기 시작

성은 몸과 마음과 영혼이 하나가 되는 유일한 행위다.
섹스는 육체로만 하는 것이 아니다.
마음과 영혼으로 하는 것이다.
황혼의 섹스는 노년을 신비의 나라로 이끌어 간다.

했다. 기적처럼 부활한 것이다. 오래전에 잃어버렸던 생명에 사랑의 능력으로 기름을 부어주는 것 같았다.

언젠가 할아버지는 사랑하는 여인이 남긴 마지막 편지를 나에게 보여주었다.

모두 기억나지는 않지만 이런 내용이었던 것 같다.

"사랑하는 당신. 미안해요. 내 육체가 사라지는 것만으로도 당신에게 큰 슬픔이 될 것입니다. 지난 14년 동안 기쁨이 무엇인지를 깨달았고 전 우주가 내 속에 가득함을 느끼며 보냈습니다. 이런 기분은 몇 번을 다시 살아도 다시는 경험하지 못할 것입니다. 너무 슬퍼하지 말아요. 언제까지나 당신을 사랑합니다."

많은 부부들이 아내가 폐경기를 지나면 성관계를 멀리한다. 60세를 넘긴 여자에게 성관계를 하느냐고 물으면 망측하다는 표현으로 부정한다. 각방을 쓰면서 각자 식사를 하고 대화도 없이 그냥 하루하루 텔레비전을 보거나 친구를 만나거나 하면서 무료하게 보낸다. 정말로 사랑하는 부부라면 얼마 남지 않은 시간을 그렇게 허비할 수는 없다. 상황과 나이에 관계없이 매일 매일이 흥분되고 즐겁게 보내야 한다. 성은 육체로 하는 것이 아니라 머리와 마음으로 하는 것이다.

젊음만이 아름다운 것은 아니다. 아름다움이란 아무것도 부러워하지 않고 우주를 소유한 듯 부부가 한 마음이 되는 것이다. 이 뜨거운 사랑은 모든 힘든 상황을 무력화시키는 힘이 된다. 성은 몸과 마음과 영혼이 하나가 되는 유일한 행위다. 섹스는 육체로만 하는 것이 아니다. 마음과 영혼으로 하는 것이다. 황혼의 섹스는 노년을 신비의 나라로 이끌어 간다.

할아버지는 어제도 병원에 오셔서 나를 보고 "원장님은 젊어서 좋겠다. 아내가 건강하게 있을 때 잘하라."고 하신다. 사랑은 표현하는 것이다. 울리지 않는 좋은 종이 아니다. 말로 몸으로 행동으로 사랑을 표현해야 한다. 성은 가장 적극적인 사랑의 표현이다. 사랑하려면 자신의 몸과 마음을 배우자에게 주고 맡겨야 한다. 그 순간 둘 다 스스로를 잃고 서로 얽혀들어 새로운 생명으로 창조된다.

에필로그
소망

오늘 저녁에는 대전에 있는 대학에 '결혼관'에 대한 강의를 하러 가기 때문에 4시까지만 진료한다. 결혼 전 청년들에게 올바른 교제 방법과 남녀의 생리적 차이, 부모로부터 정서적, 경제적 독립, 결혼 초기의 주의할 점 등을 중점적으로 강의할 예정이다. '부부의 성'이나 '결혼관'에 대한 강의 요청이 들어오면 개업의인 나로서는 병원을 비워야 하는 어려움이 따르지만 이것이 바로 소명이라 생각하고 기꺼이 달려간다.

가정의 건강이 사회의 건강을 좌우한다고 나는 확신한다. 아무 생각 없이 지금의 성 문화에 휩쓸려 살고 있는 청년들에게 앞으로 건강하고 즐거운 가정을 이루기 위한 필요한 지식을 나열해 보기로 한다.

부부들에게는 어떻게 하면 재미있고 즐거운 성생활을 영위할 수 있는지 나름대로의 답을 제시하려고도 한다.

5년 전에 갑자기 환자가 줄고 덩달아 수입도 줄어 계속 병원을 운영하기가 힘들었고 한동안 난감했었다. 탈출구가 없을까 이리저리 궁리해 보았지만 실망스럽게도 그 어떠한 실마리도 보이지 않았다. 비가 오거나 해서 환자가 없을 때 영화진흥공사에서 한 편당 500원을 내고 인터넷으로 1950~60년대 흑백영화를 받아 보곤 했다. 영화 〈오발탄〉을 본 것도 그 즈음이었다. 주인공의 어머니가 알 듯 모를 듯, 안개와 같이 흐릿한 말을 반복하는 장면이 지금도 생생하다.

"가자. 가자!"

그것은 한국 전쟁 후 방향 감각을 잃은 암울한 시대를 우회적으로 암시하는 충격적인 외침이었다. 하지만 공교롭게도 그 외침은 당시 탈출구가 보이지 않는 나의 탄식이 아니었나 싶다. 한동안 고민 끝에 남은 인생을 '성'에 관한 상담과 그에 대한 전문적인 식견을 담은 글, 또는 강의로 의미 있는 시간을 만들어야겠다는 생각으로 방향을 잡게 되었다.

급히 홈페이지를 만들어 '청년의 성'과 '부부의 성', '황혼의 성'에 대한 글을 쓰기 시작했고, 간간이 올라오는 물음에 답을 해주었다. '성'은 비뇨기과의사로서 어느 정도 기초가 되어 있어 계속 공부하면 문제가 없다고 생각되었지만, 글쓰기는 고등학교 다닐 때 교지에 기행문을 한 번 냈고, 의과대학 시절 교지에 낼 수필을 한 편 쓴 것이 고작이었다. 습작은 물론 글쓰기는 생각해 본 적도 없었다. 강의 또한 다양한 사람들 앞에서 아는 지식을 생동감 있게 전달하는 것이 얼마나 어려운 일인가를 새삼 깨닫는 중이다. 그러나 5년 전 소망을 가지고 시작한 일이 하나둘 이루어지고 있는 현실을 볼 때 마냥 신기하고 놀랍기만 하다.

성에 대한 상담은 인터넷이나 전화로 받았다. 직접 방문한 환자를 상대로도 성의껏 임했다고 생각한다. 우연한 기회에 시작하게 된 강의가 듣는 이의 삶을 변화시킬 감동이 넘치는 내용으로 채워져 많은 이들에게 호응을 받기를 바랐지만, 생각했던 것보다 매력적인 연설이 되지 못한 아쉬움 속에서도 점점 더 초청하는 곳이 늘고 있다. 부끄러운 가운데서도 자주 하다 보면 나아지리라 생각된다.

홈페이지에 '성'에 관한 상식적이고도 전문적인 글을 올리기는 했지만 사실 많은 사람들이 읽을 만한 지면상에 글을 싣는다는 것은 상상하지도 않았다. 우연한 기회에 「의사신문」에 연재가 되어 햇수로 3년이 되었고, 만 2년이 훌쩍 지나갔다. 한두 편만 쓰고 그만 둘 요량으로 끼적거렸던 것이 어찌어찌해서 지금까지 이어지고 있다. 참으로 신기한 일이다. 일련의 글 쓰는 행위가 직업이 아닌 관계로 나는 겨우 자투리 시간을 내어 글을 쓸 수밖에 없었다. 글이라는 것이 밥을 먹거나 공기를 마시듯 그렇게 가볍게 다룰 수 있는 차원은 아닌가

보다.

오늘도 빨리 원고를 보내달라는 편집자의 독촉을 받고는 새벽에 일어나 책상 앞에 주섬주섬 앉아 있다. 하나하나 진실한 마음을 담아 씨앗을 심도록 나름대로 애써 본다. 〈진료실 주변〉이라는 한정된 주제를 가지고 글을 쓰는 것은 결코 수월하지가 않다. 소질이 없는 나로서는 난처하고 고된 일이지만, 신문을 받아보는 동료의사들이 편지와 전화, 문자, 메일 등으로 격려해 주어 부족한 자에게 정말로 큰 힘이 되고 있다. 이렇듯 마음에 품고 시작한 일들(상담, 강의, 글쓰기)이 그 가시적인 성과를 이루어가고 있는 현재를 볼 때마다 말할 수 없는 감동을 받곤 한다. 우연이라고 생각되는 것들은 결단코 우연만이 아니라 소망이 있는 가운데 그것을 위하여 노력하는 사람들에게 반드시 일어나는 필연이 아니겠는가. 문을 두드리는 자에게 기적과도 같은 열림이 있을 것이다.

희망은 본래 있다고도 할 수 없고 없다고도 할 수 없다. 그것은 마치 땅 위의 길과 같은 것(루쉰,「고향」)이다. 그렇다. 희망은 원래 그 자리에 상존해 있던 존재적 개념이 아니다. 저 멀리 떠다니는 구름이어서 그것을 건져내기 위해 그물망을 드리우는 낯선 상상력을 자극하는 것도 아니다. 벽돌이나 아스팔트, 철골로 지은 거대한 도시의 상징물은 더더욱 아니다. 그것은 인간이 걸어서 찾아야 하고 밟아야 하는 적극적인 의미의 신기루다. 때로는 부지불식간에 길을 발견하듯이 희망은 생겨난다. 희망은 희망을 갖는 사람에게만 존재한다. 길을 찾는 여행자를 그 길이 반기듯 말이다. 희망을 열망하는 자에게는 희망이 있고, 희망을 열망하지 않는 자에게는 실제로 아무런 가치도 없다. 믿음은 바라는 것들의 실체가 되고, 보이지 않는 것들의 증거가 된다. 꿈은 이루어질 수도 있고, 아닐 수도 있다. 하지만 적어도 꿈을 꾸는 동안에 우리는 이곳과 저곳에 무지개다리를 건설하게 된다. 삶의 진정성을 다채로운 색감으로 투과하는 무지개를 만져볼 수는 없지만 결코 그것이 존재하지 않는다, 없다고 치부하기란 어렵다. 아니, 희망은 더욱 구체적인 행동을 결심케 한다. 길을 찾아라. 무엇인가를 찾아가는 행위, 누군가를 기다리는 순간순간에 어쩌면 우리 자신 스스로가 희망이 되어 있을지 모른다.

월드컵이 열리기 전까지 히딩크 감독은 여러 나라와 평가전을 하면서 큰 점수 차로 패배했을 때도 선수들에게 희망을 심어주었다. 끝까지 포기하지 않는 선수들에게 소망과 꿈을 잃지 않게 했고, 그 힘은 예선을 거쳐 8강과 나아가 4강의 신화를 이루게 한 원동력이 되었다.

요즘 경제가 힘들다. 하늘은 가을의 시정으로 가득 차 있는데 사람들의 표정에는 너무나도 때이르게 싸늘한 바람이 분다. 선배 의사 한 분이 자살을 했다. 자살할 수밖에 없었던 그 고통을 나는 모른다. 그렇지만 어떠한 상황이라도 고통은 서로 나누어져야 할 짐이 분명하다. 그것 때문에 힘들어하고, 순간적으로 인생을 포기할 마음을 먹어서는 안 된다. 가족은 그래서 반드시 필요한 울타리다. 거기에 한 그루의 사과나무를 심고 열매 맺기를 소망해 본다. 겨울이 가면 봄이 오듯 어둠이 가면 새벽이 올 것이고, 거칠고 험한 폭풍이 지나가면 정결함과 고요함이 깃들 것이다. 파도가 출렁인다. 하지만 심해의 바다는 요동치지 않는다. 우리의 마음에도 드넓고 깊은 소망의 바다가 자리 잡기를 바란다.

〈바람과 함께 사라지다〉에서 스칼렛 오하라는 주먹을 불끈 쥔 채 희망을 결단하며 이렇게 외친다.

"내일은 내일의 태양이 다시 떠오를 테니."

향수

2012년 9월 20일 초판 1쇄 인쇄
2012년 10월 4일 초판 1쇄 발행

지은이 | 이주성
펴낸이 | 이종춘
펴낸곳 | BM 성안당
주　　소 | 경기도 파주시 문발로 112
전　　화 | 031-955-0511
팩　　스 | 031-955-0510
등　　록 | 1973. 2. 1. 제13-12호
홈페이지 | www.cyber.co.kr

ISBN 978-89-315-7614-6
정가 12,000원

이 책을 만든 사람들
편집 · 진행 | 이정아
교정교열 | 김승환
디자인 | 디박스
홍보 | 최고운
제작 | 구본철